오리 집에 왜 왔니

위즈덤하우스

나도 오리는 처음이야

오린이와 산골 생활

오린이
어느 봄날 도로에서 만난
욕심쟁이 아기 오리.
포도랑 밥이 제일 좋아요.
오리 집사
강원도 산골짜기 집에서
오린이와 가족들과 살며
많은 것을 배우고 있어요.
옆집 친구
산골짜기 옆집에서
교회를 운영하는 가족들과
시바견 푸들과 함께
살고 있어요.

동생
오린이와 노는 걸 좋아하지만
부리에 물리는 느낌은 싫어요.
엄마
오린이는 따뜻한 엄마 품이
좋아요. 엄마 팔에 머리를 쏙
끼우면 잠이 솔솔 와요.
아빠
오린이는 아빠가 주는 간식이
너무 맛있어서 참을 수 없어요.

나도 오리는 처음이야

도로 위의 아기 오리
코로나19 사태로 인해
후배와 함께 알바에서 잘려
원룸으로 돌아가던 봄날
부아앙 —
이번 정류소는 XX입니다.
덜컹
아, 선배,
도착했어요!
덜컹
같이 알바 잘린 후배
아이고, 다리야.
무릎 아파서 죽는 줄 알았네.
운행안내
버스정류장
어?

선배, 저게 뭘까요?
응?
저거 아기 오리 아냐!? 왜 저런 데 있지?
저대로 두면 죽겠어!
데려오자!

쌔애애앵!
차들이 너무
빨리 달려!
지금 안 오니까
얼른 가요!
자, 여긴 안전해.
선배, 여기
한 마리 더 있어요!!

택시 불렀으니
병원으로 가보자!
얘는 많이 다친 것 같아요!
여기요, 여기!
끼—이이익
개인
XXXX
아이고, 병아리예요?
많이 다쳤네.
최대한 빨리 가주세요!

한 마리는 꽁지가
뭉개져서 살기가 어려워요.
다행히도 나머지
한 마리는 건강해요.
XX 동물병원
그럼 이제 어쩌죠?
어디 가서
물어볼까? 혹시 주인이
있을지도 모르고….
진료시간
월수금 10:00~
화목 13:00~
딱하기는 한데
주인은 못 찾을 것 같아요.
데려가서 키우든가 하세요.
혹시나 주인을
찾을 수 있지 않을까 해서
근처 파출소에도 가보았지만
별 수확이 없었기에
한 마리씩 데리고
자취방으로 돌아왔다.

닭을 키운 적이 있는 후배가
다친 아이를 데려갔지만
그날 저녁 숨을 다했다.
나 역시 한 마리를
데려왔으나
당장 뭘 먹는지조차 몰라
인터넷을 뒤져보기 시작했다.

70%
아기 오리용 비상 영양식 만드는 방법
삶은 달걀을 준비한다.
노른자만 빼아 질척하게 물에 갠다.

뭘 먹이지?

가슴의 모이주머니가
홀쭉하게 들어갔네….

70%
쌀밥을 준비한다.
쌀밥을 먹기 쉽게 찧어
물에 개어둔 노른자에 조금 섞는다.

꼬르륵

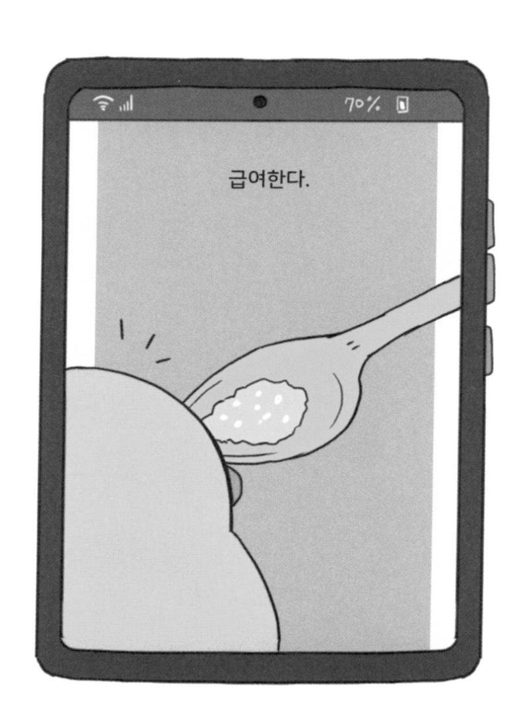
70%
급여한다.

잘 먹네….
배가 많이 고팠구나.
짭
짭

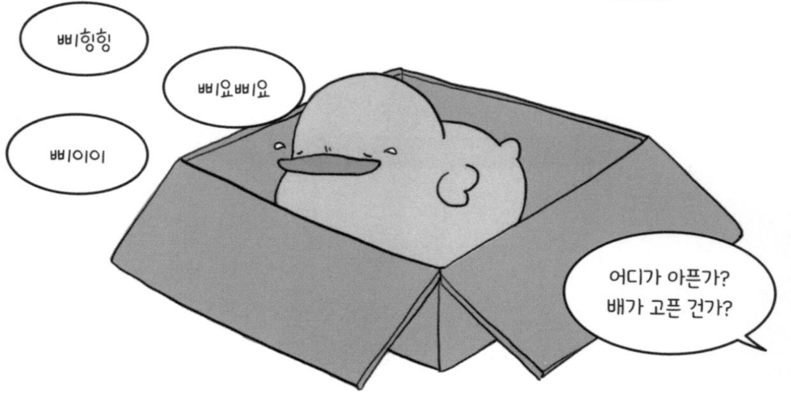

이럴 땐 검색이 답이다.

뒷마당 닭들 .com

Q. 병아리가 울어요.

밤에 병아리가 자꾸 울어요.
왜 그런 건가요?
내공 냠냠 신고합니다.

A. 병아리가 울어요.

병아리는 춥거나, 배고프거나,
어미가 보고 싶을 때처럼
문제가 있을 때 울어요.

아하, 추웠구나!
진작 말을 하지!
삐용!

삐삐삑
삐삐삑
그렇다면 필살기다!!

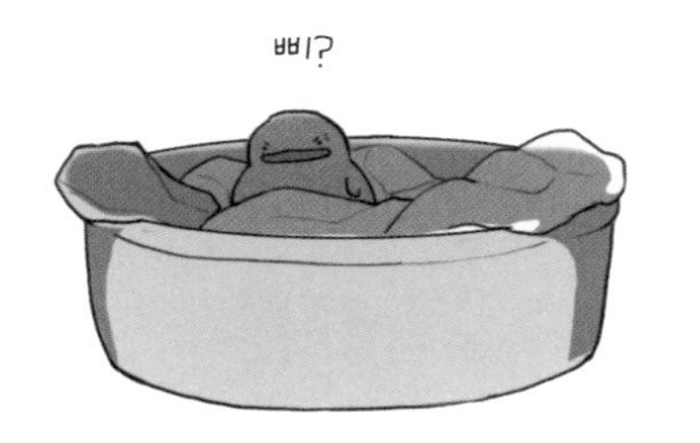
삐?

어때? 좀 따스하니,
오리야?
삐…!
자기 새끼도 아닌 오리를
온몸으로 품고 있는 대학생
아, 현타 온다.
한 시간 뒤
자나?
조용~
소곤
잔다!
소곤
꾸벅… 꾸벅

나도 이제 잘 수 있다!!
만세~
깼다!!!
삐! 삐! 삐! 삐!
스~윽
온열 전구를 사기 전까지
약 이틀 동안
밤에 오리를 품었고
덮!
한동안 후배에게
마당을 나온 암탉이라 불렸다.

너는 오린이
오리가 집에 온 지 이틀째
계속 오리라고
부르기도 뭐해서
이름을 지어주기로 했다.
오리 이름을
붙여주자!
그냥 오리도
어감이 귀여운데요?
급하게 산
닭 사료
소분해서 파는
병아리 사료
부비적
배변 패드
외계 거인이 어감이
귀엽다는 이유로 너를
사람 나부랭이라 부르면
어떨 것 같아?
너는 오늘부터
사람 나부랭이다!
나는 사람 나부랭이가
아녜요!
그럼 좋은
아이디어라도
있어요?
음…
어린 오리니까
줄여서 오린!

아니, 그럼
아기 고양이를 주웠으면
고린이라고 짓게요?
풉
풉
당연하지?
깨물
꼬집
꼬집
…완전 구려.

그럼 너는
생각해둔 이름 있어?
덩기덕?
도덕?
도덕
미더덕?
더덕?
짱 구려.
제3자 의견도
들어보는 게
좋겠어.
뽀직

타닥
고릴라
톡톡
여보시냐?
동생! 귀여운 이름 하나만 추천해주라.
막시무스.
아무 말 대잔치
음!
그냥 오린이 하자.
뭐래요?
화끈
화끈

먹고 자고 싸고

아기 오리 오린이의
하루 일과는 단순하다.

곱곱

먹고

병아리죽

쩝쩝

자고

z...

새근

Zzz...

새근

싸고

발그레~

뽀지직

안겨 있다가
청소용 실내화
내가 어딜 가면
졸졸 따라오는 것이
일과의 전부다.
뽈뽈뽈
불행 중 다행일까?
코로나의 파장으로
온라인 수업을 듣게 되어
나는 항상 오린이를
돌볼 수 있었다.

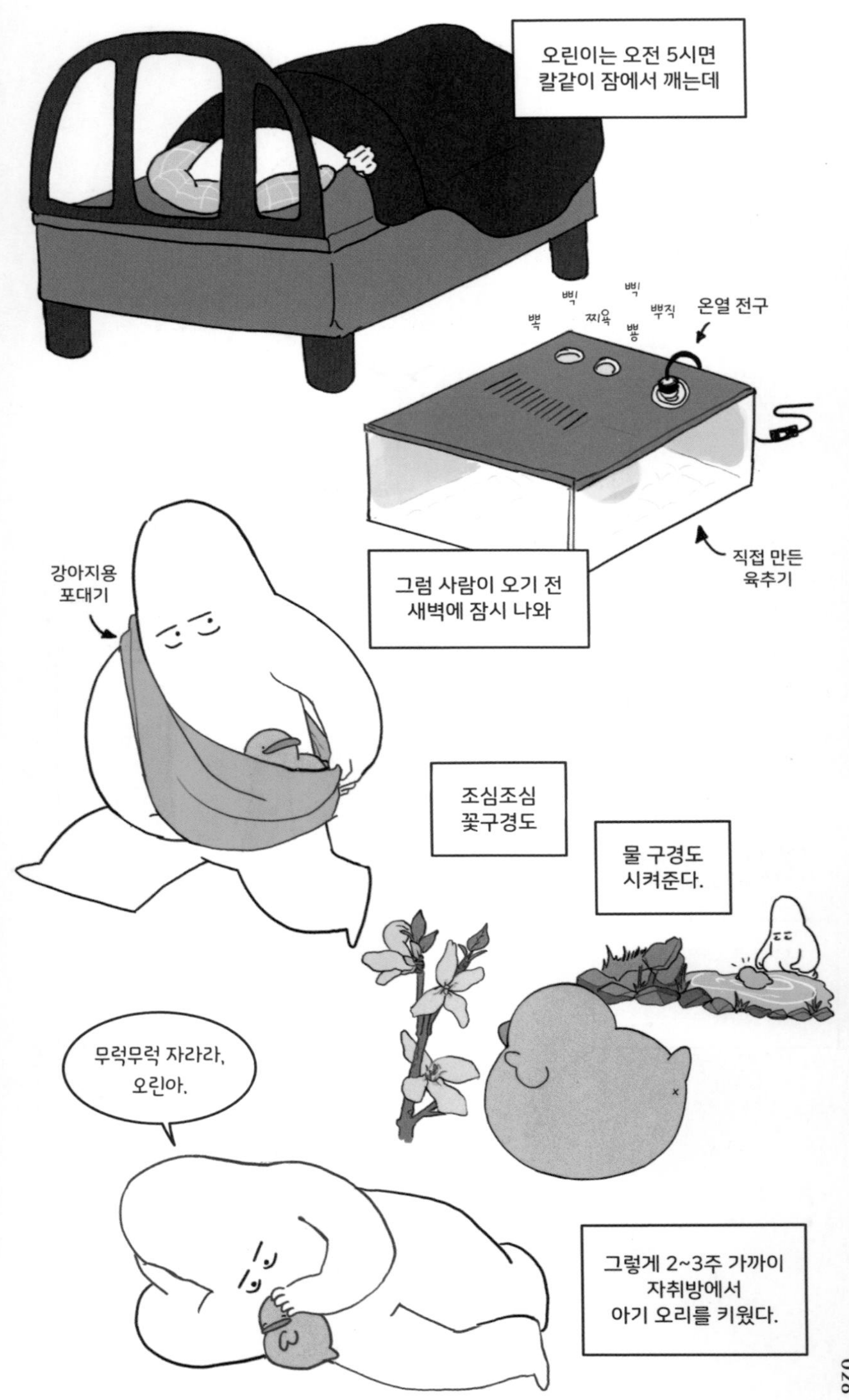
오린이는 오전 5시면
칼같이 잠에서 깨는데
뿍
삑
찌욱
삑
뿅
뿌직
온열 전구
직접 만든
육추기
그럼 사람이 오기 전
새벽에 잠시 나와
강아지용
포대기
조심조심
꽃구경도
물 구경도
시켜준다.
무럭무럭 자라라,
오린아.
그렇게 2~3주 가까이
자취방에서
아기 오리를 키웠다.

한국에서 오리는 보통
가축으로 길러지기 때문에
반려동물로서는
정보가 한참 부족하다.
뿌헹취!
오리도
감기에 걸리나?
훌쩍
나는 국내의 가축 오리 매뉴얼과
해외 포럼을 자주 참고했다.
오리
오리는 조류다.
똥쟁이라는 얘기다.

아니, 분명
아까 치웠는데!
몇 번이나 싸냐면
하루 최대 96회.
오리는 몸단장을 좋아하는
물새이기 때문에
물 좋아!
씻고 수영하며 놀 물도
반드시 필요하다.
내 지갑…!
그리고 많이 먹는다.
쩝
쩝

보통 새가 먹이를
콕콕 쪼아 먹는다면
오리는 부리 형태 때문에
마구잡이로 와르르
쓸어 넣을 수 있다.
덕분에 병아리 사료가
열흘을 못 넘겼다.
병아리사료
1.8kg
먹성 좋은 아기 오리가
자율 급식으로
일주일 정도 먹는다.
아기 오리가 우는 이유,
밥과 간식 정보 등
찾아봐야 할 것도
한두 가지가 아니었다.
새끼 오리는
따뜻해지면
울지 않아요!
검색왕
Duckling은
Banana 좋아해요!
국내에도 해외에도
좋은 정보를 주시는 분들이
많이 계셨지만

아니, 이 육추기
엄청 포근한데?
삑삑! 삑삑삑!
(직접 품어달라는 뜻)
오린아,
바나나 한번 먹어봐.
도리도리
질색팔색
사람마다
성격이 다르듯
오리도 알고 보면
세세한 오리 차이가 있다.

오리는
사회적인 동물이기에
혼자 있으면 불안해한다.

그러나 피치 못할 사정으로 인해
아기 오리가 한 마리만 있을 경우,
낮에는 인간의 품에서 편안함을
찾을 수 있지만

야찌야아악찍쪽삑삑찌찌삑삑찌찌찌요
야악삐야쪽짝짝왹쪽왹쪽삑짝짝왹쪽
이찌이이이이 삑짝삐야아삐야아
뺘뺘이약이약찌욕찌요오삑삑찌
쪽찍쪽이욕이욕삐악삐야쪽
뺘요오옥삐요찌이이
아아이
아기 오리는 시야에
사람이 보이지 않으면
어미 혹은 동족을 찾기 위해
높고 시끄러운 소리를 낸다.
이때 필요한 것은 세 가지다.
거울, 손과 얼굴이 달린 큰 인형, 연기력.
아기 오리와 가까운 곳에
거울을 세워두고 인형이 살아 있는 듯
인형극을 한다.
우루루 까꿍!
바나나
인간 말 알아요~

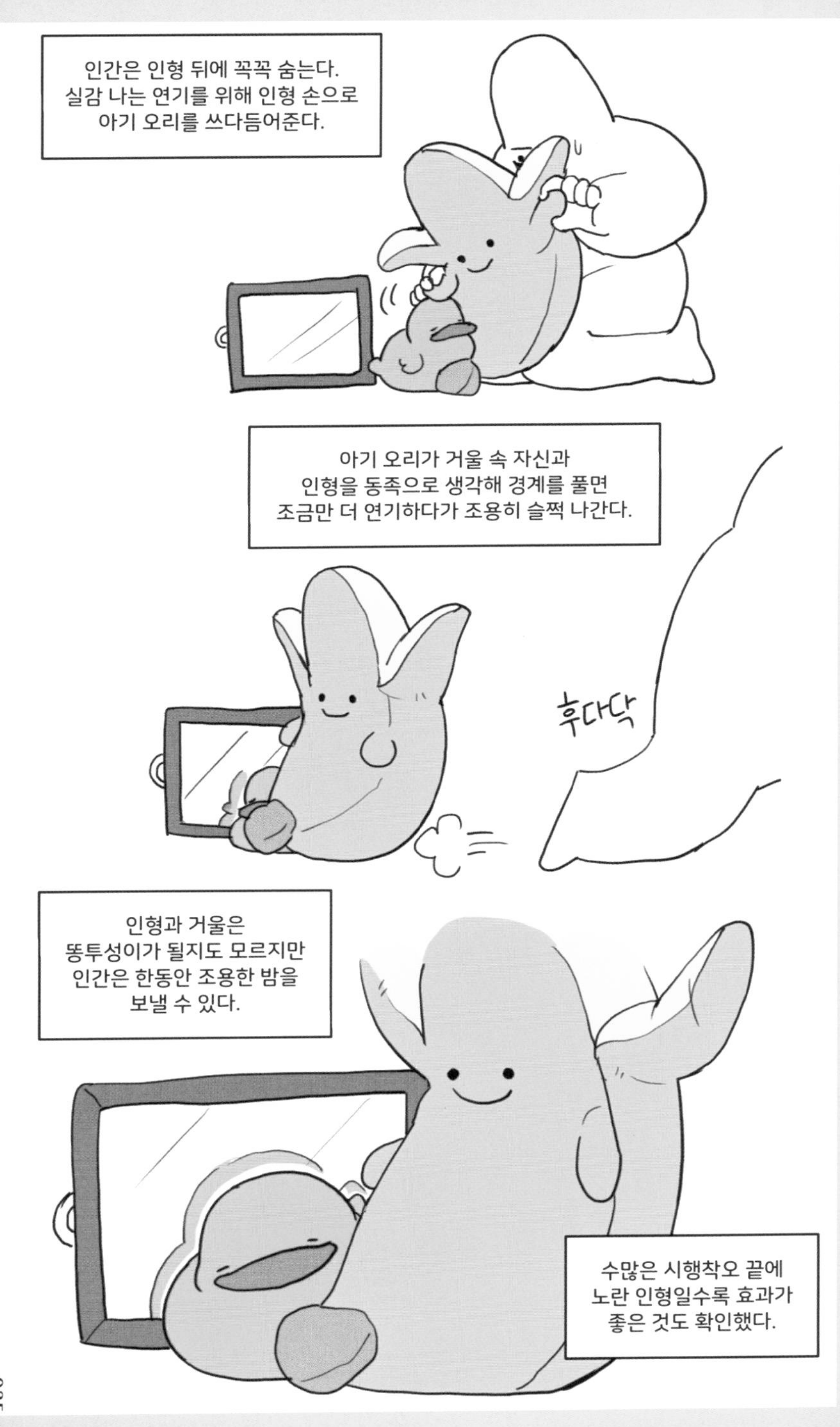
인간은 인형 뒤에 꼭꼭 숨는다.
실감 나는 연기를 위해 인형 손으로
아기 오리를 쓰다듬어준다.
아기 오리가 거울 속 자신과
인형을 동족으로 생각해 경계를 풀면
조금만 더 연기하다가 조용히 슬쩍 나간다.
후다닥
인형과 거울은
똥투성이가 될지도 모르지만
인간은 한동안 조용한 밤을
보낼 수 있다.
수많은 시행착오 끝에
노란 인형일수록 효과가
좋은 것도 확인했다.

마당으로 나온 오리

오린아, 오늘이 무슨 날인지 알겠어?
삐야
진짜 집에 가는 날이야!
나는 오린이를 위해 비대면 강의를 신청하고
본가인 강원도에 가기로 결심했다.
엄마
운전왕
오리 멀미 안 하게 꼭 붙들고~!
동생
싸가지왕
얼른 오리 챙겨.

덜컹
오리는 뒤에서
잘 있어?
오리 멀미 안 해?

멀미라도 할까 싶어
덮어놓은 옷가지를 치우고
멀미는 안 하는데
바깥을 구경하고 있어.
창밖을 구경하러 나온
오린이는
꽃밭과 파란 하늘을 쳐다보며
이따금 날개를 퍼덕였다.
오리는 괜찮니?
멀미는 언니가
하는 것 같은데?
집에 가는 길

우리는 오린이가
스트레스를 많이 받지 않도록
중간중간 쉬어가며

밥도 물도 간식도
충분히 먹이고서는

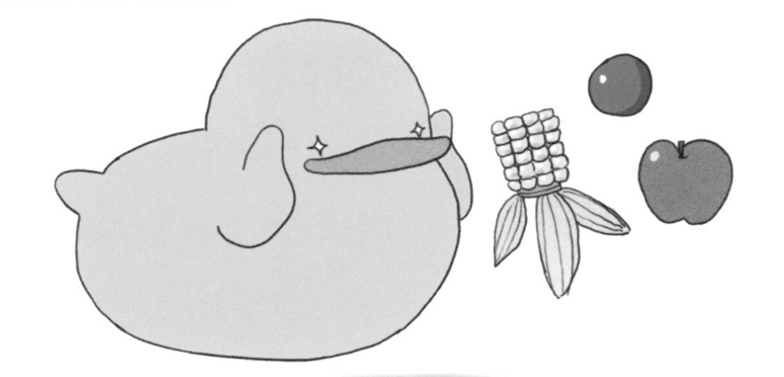

저녁이 다 돼서야
산골짜기 집에 도착했다.

산골짜기에 온 걸 환영해.
우리 집을 소개해줄게.
여기는 우리 집 화단이야.
나물이 많아서 오리에게
아주 유혹적이지.
뜯어 먹으면
뽀뽀할 거야.
여기는 수돗가야.
물을 마음껏
마실 수 있어.
세제

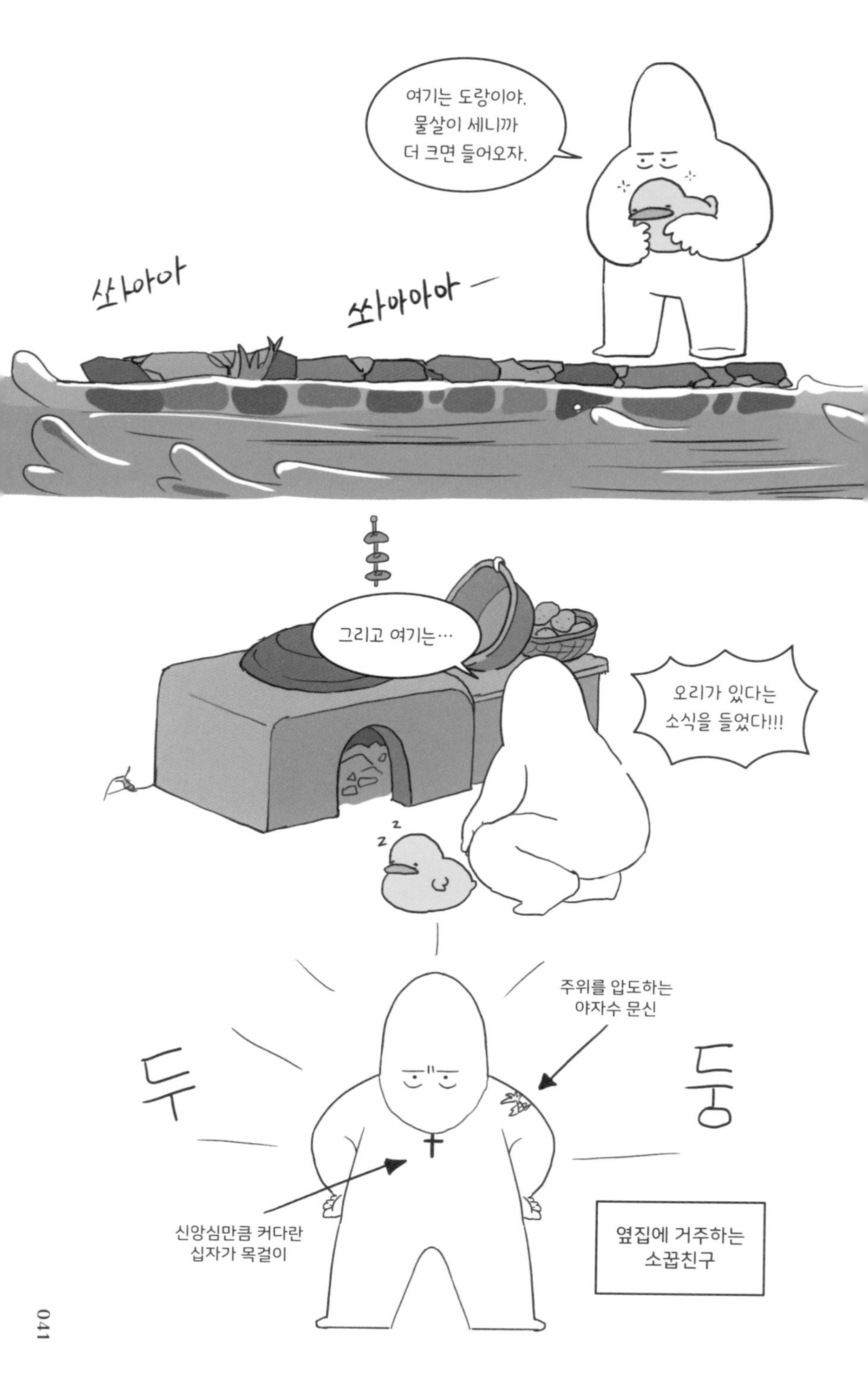
여기는 도랑이야.
물살이 세니까
더 크면 들어오자.
쏴아아
쏴아아아
그리고 여기는…
오리가 있다는
소식을 들었다!!!
두
둥
주위를 압도하는
야자수 문신
신앙심만큼 커다란
십자가 목걸이
옆집에 거주하는
소꿉친구

오리 보여줘!
오리 볼래!
오리가 자려고 하니까 조용히 오도록.
그렇구나!
그럼 서서히 등장할게.

안녕, 오리야?
쑤욱
너 때문에 깨서
욕하잖아!
삐야아악!!!
오리가 어떻게
욕을 해!
눈으로 욕하는 거
안 보여?
으악!
진짜네!!

아기 오리래서
주먹만 할 줄 알았는데
팔뚝만 하구나.
오리 안녕?
이젠 슬슬
체온 조절도 한다구.
아무튼 오늘은 늦었으니
내일 다시 보러 올 거야.
각오하도록 해!
빠이
우리도 집에 들어가자.
오린이도 졸리지?

너는 내 침대 아래서 자면 돼.
난방도 빵빵하게 틀어놨어.
훈끈
옷가지로 만든 둥지
후끈

뒤뚱
뒤뚱

잇
잇
삣
삣

나도 널 품어서
재우고 싶지만 이젠
네가 너무 커서 안 돼.
삐이이…
울며 보채는 오린이를 위해
나는 손바닥을 내밀어주었고
!
손바닥에 기댄 오린이는
그제야 안심하고 자기 시작했다.

오린이와 친구들
산골짜기에는 우리 집과
교회를 운영하는 옆집의
소꿉친구 가족,
오리 보러 왔다!
단 두 가구가 산다.
옆집엔 이름이 '푸들'인
스트릿 출신 시바견이
한 마리 있다.
푸들(시바)
헷갈려!!
두 번이나 갔던 동물병원에
동물이 하나도 없었으니
어서 오세요~
아기 오리가 다쳤어요!
×× 동물병원
썰렁
오린이는 인간 말고
다른 동물을 한 번도 못 본 셈이다.

푸들이는 그걸 시큰둥하게 쳐다보다가
오린이가 옆에 앉게 자리를 내어준다.

마치 동물만의 비밀 이야기를
나누는 것처럼 보이기도 한다.

재네… 뭔가 얘기를
나누는 것 같지 않아?

'너네 집사
맛있는 거 많이 주냐?'
이런 거?

너는 어디서 왔어?

스트릿.

우와, 나도.

그 외
오린이의 친구들(?)

참새
참새가 지저귀면
함께 소리를 지르며
아침을 시작한다.

비행기
오린이는 비행기를 빤히 쳐다본다.
커다란 새라고 생각하는 걸까?

잠자리
오린이는 느려서 잡을 수 없지만
잠자리를 따라 우다다 달린다.

비둘기
오린이의 밥을 뺏어 먹는다.
도시의 닭둘기가 아니라서
날쌔다.

'할아버지가
어떻게 스님이냐!'
할 수도 있겠는데

불교에도 여러 종파가 있어서
기혼자가 스님이 되는 걸
허용하는 종파도 있음.

할아버지는 증조할머니에 이어
결혼 후 스님이 되셨다.

나는 어릴 적 할아버지 댁에
가는 것을 아주 좋아했다.
마하반야바라밀다심경
관자재보살 행심반야바라밀다시
조견 오온 개공 도 일체고액 사리자
색불이공 공불이색 색즉시공 공즉시색
노래인 줄 알았다
반야심경 영재로
칭찬받았기 때문이다.
당시 할아버지는
인프라가 부족한 산골 동네에서
드문 대형 차량 보유자여서
1234
아이고, 스님…
언제 도착합니꺼?
좀만 참아요!
병원 다 왔어요.
부아
아앙-
80세를 넘기기 전까지는
동네 주민들을 도시의 병원에
데려다주거나

이곳저곳 가본 적 없는 어르신들과
나를 데리고 여행을 다니곤 했다.
또한 동네 학교 교장 선생님의
흔쾌한 허락으로 국어 교재를 얻어
반짝
번쩍
눈부신 광경…!
할머니들의
글공부도 도왔다.

할아버지 댁엔 원래 기르던 닭과
기러기라 불리던 머스코비오리뿐 아니라

절밥을 먹고 사는
개와 고양이들이 늘 가득했다.

나중에 알고 보니
개는 절에 유기된 아이들이고

고양이는 누군가가
마을에 여러 마리를 버린 후
번식해 불어난 것이었다.

내가 실물 오리와
유튜브나 방송 등에
출연하지 않겠다고
선언한 이유도 여기에 있다.

오지 말라고 했는데 어째 오셨대요?

아유, 도시는 난리라 나들이 왔지요.

삑

나들이?

마스크

마스크 절대 벗지 마시고 손소독 하고 들어가세요.

내가 체온 검사를 맡았고

덕분에 오린이도 처음으로 절 나들이를 했다.

하나 둘 셋...
안녕하세요.
행사가 있는데 진행해도
되는지 여쭤보려구요.
아홉
열
총 인원이
몇 명이나 되나요?
가족 제외 열넷인데
타 지역 분들이 많아서
혹시나 해서요.
그렇게 도착한
경찰 한 분이
주의를 주시고
보건소 직원인
어머니의 지도하에 급조된
행사를 준비했다.
경찰이다! 야, 빨리
자수하고 광명 찾아.
저번 주에
내 사탕 먹었잖아.
너나 자수해.

손님맞이를 하기 전에
먼저 오린이에게 리본을
달아주었다.
자, 리본 매야지.
할머니 할아버지들 왔어!
싫어
삐야아
싫어
뿍
뿍
뿍
어르신들 중에는 동물을
함부로 대하는 분도 있고
불만
가득
아, 야는 키우는 아여?
웃기다잉.
특히나 오리는 가축으로 길러지기에
장신구를 달아줘야 반려동물이라고 생각한다.

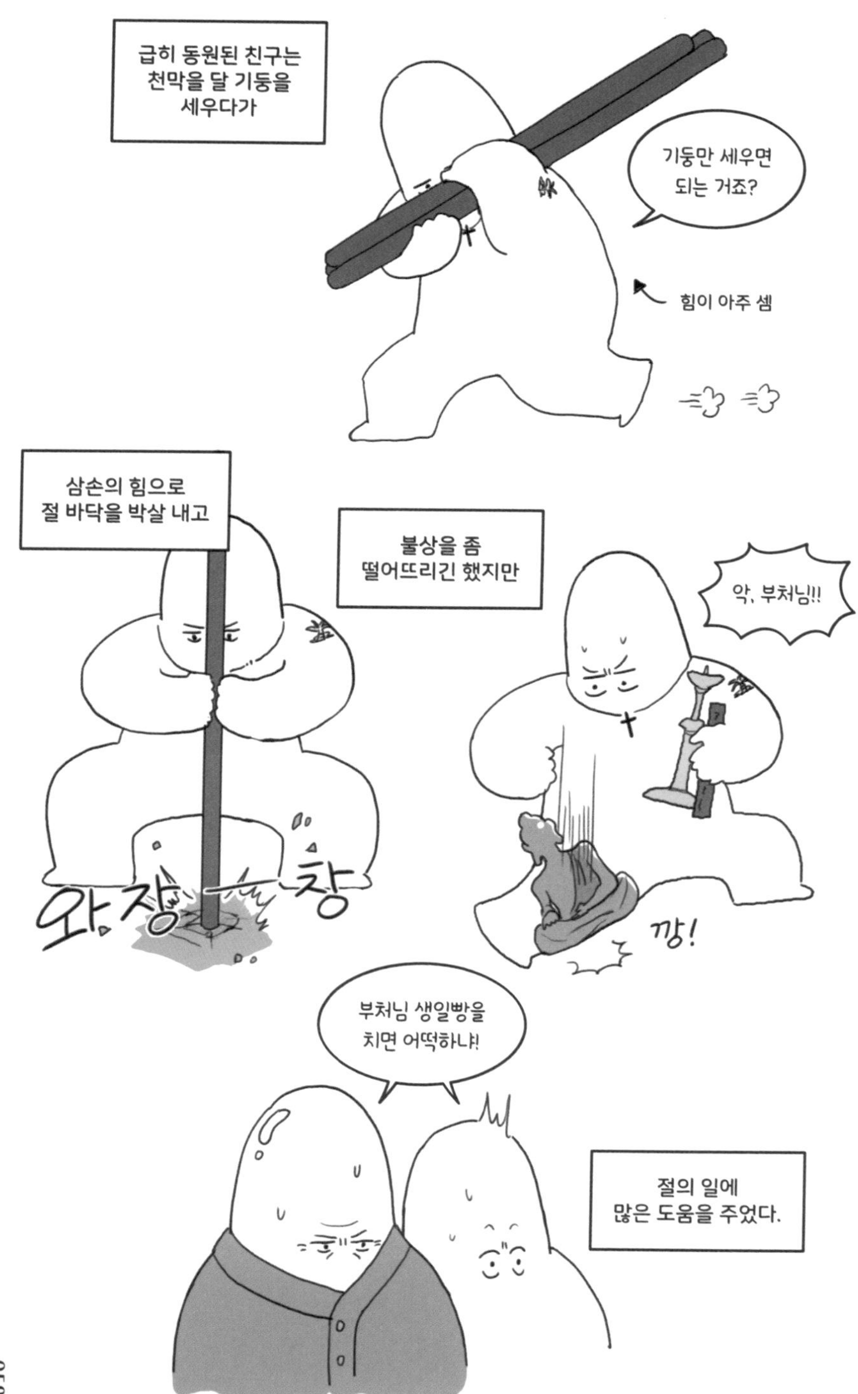
급히 동원된 친구는
천막을 달 기둥을
세우다가
기둥만 세우면
되는 거죠?
힘이 아주 셈
삼손의 힘으로
절 바닥을 박살 내고
와장창
불상을 좀
떨어뜨리긴 했지만
악, 부처님!!
깡!
부처님 생일빵을
치면 어떡하냐!
절의 일에
많은 도움을 주었다.

할아버지, 얘는 오린이라고 해요.
빡 빡
올인이? 이름을 왜 그리 지었어? 탐욕스럽게.
귀엽네
울 할아버지 오리 많이 키우셨잖아.
노련한 사람은 알아보나 봐. 계속 따라다니네.
빡 빡
스님 따라다니면서 '빡빡' 하고 울잖아.
의도가 불순한 오리일지도 몰라.

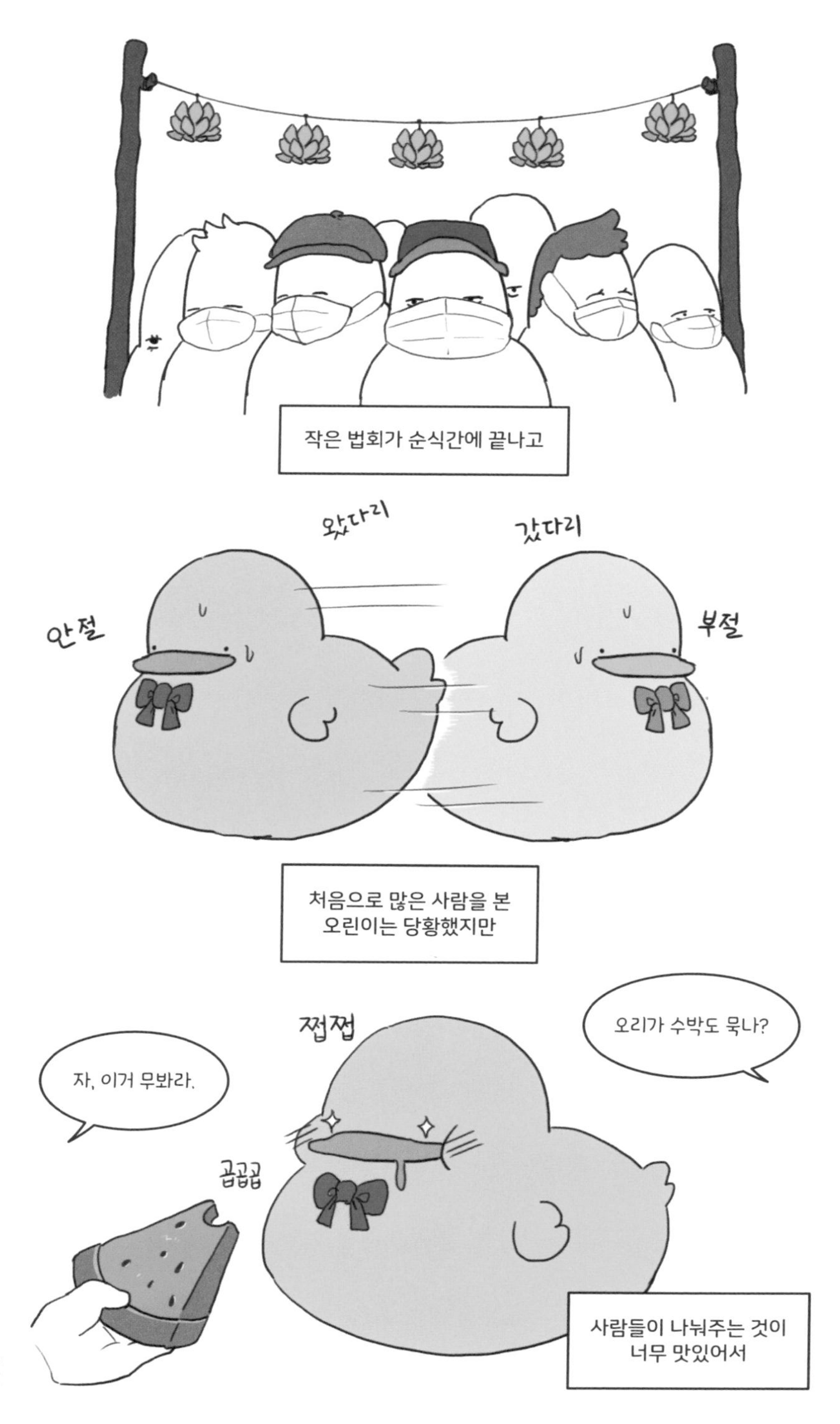
작은 법회가 순식간에 끝나고
왔다리
갔다리
안절
부절
처음으로 많은 사람을 본
오린이는 당황했지만
쩝쩝
오리가 수박도 묵나?
자, 이거 무봐라.
곱곱곱
사람들이 나눠주는 것이
너무 맛있어서

삑삑빡빡 졸라서
간식도 얻어먹고
좀 더 떨어져
앉으세요!
삐익
삐익
(여기 좀 보세요)
법회 끝났으니
다들 코로나 조심하시고
이제는 말 좀 들으셔요잉!
빵빵
볕을 쬐며 잠을 잤다.
꾸벅
꾸벅

딸꾹딸꾹 오린이
삐용삐용
삐끼끼끼
뺘위릭
삐양
윅윅
털갈이 중
야, 오리가 원래 이렇게 우냐?
몰라, 나도… 오리는 처음이야.
뻐큐

뻐큐
뻐큐
선생님!
수의사 선생님!

오리가
이상하게 울어요!
어떻게요?
빼큐
사료 입자가 너무 고와서 그래요.
사료를 좀 적셔서 주면 나을 거예요.
수의사
면허

사료가 촉촉하니까 안 우네.
딸꾹질 같은 거였나 봐.
짭 짭
!
벌떡!
뿌치!
뿌치!
으악! 이번엔 또 뭐야!
오리가 비트박스를 한다!
다행히도 코로 들어간 사료로 인한 재채기였다.

영 시원찮구나.
좀 더 밀어보거라.
그냥 내려서
걸어가라고!
읍내 다녀왔습니다~
오린이 잘 있었…
헉!!
이욜쎄이 삐삐요
두 둥

야,
얘 시뻘게!
삐야아…
글적
삐이
긁
이거
피 아니야?
오늘 토요일이라서
가축병원 안 열어!
옆 동네
동물병원으로
가야 해!
차 키 가져올 테니
케이지에 오리
넣어둬!
마당 문은
닫았는데?
족제비?
고양이?
놀다가
떨어졌나?
아니야, 현관에서
방금 나오는 걸
봤는데…

병이라도
걸렸나?
쿵
쿵
쿵
쿵
…….
쿵…
쿵…?
오린아,
혹시 할 말 없니?
삐용

현관에서 해동하던 트리플 베리가 몽땅 사라졌어.
아, 이미 보라색 오리가 됐구나.
그래, 잘 먹고 쑥쑥 커라….

빵실하던 노란 털이
점점 빠지더니

분홍색 속살이
보이기 시작했다.

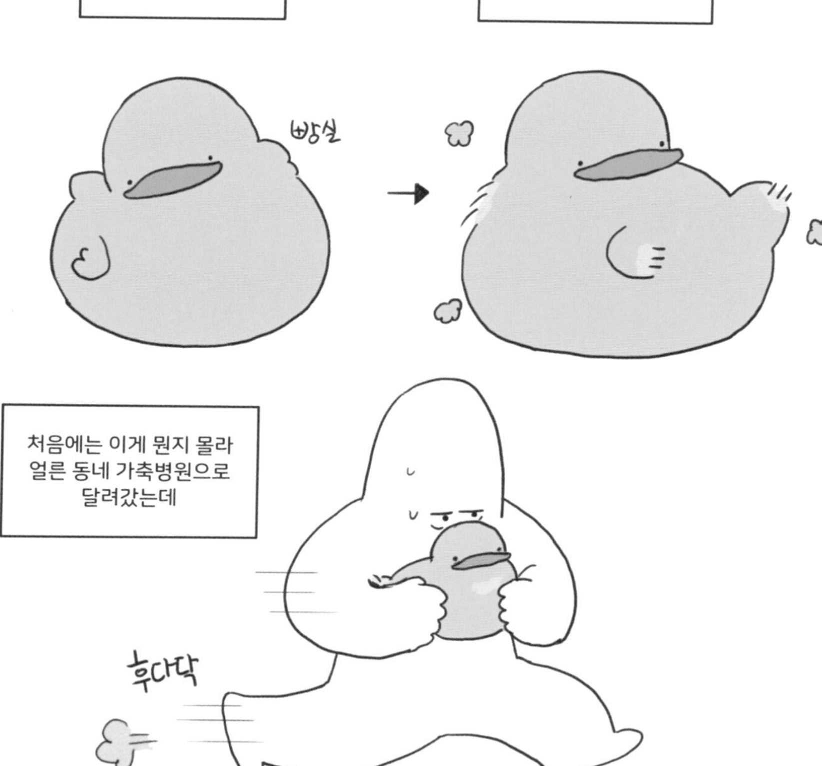

이건 그냥
털갈이인데요?
화끈
가축약품
팝니다
털갈이라는 진단을 받았다.
털이 먼지처럼 뭉쳐져
온 집 안에 날리기 시작했고
슈웅
위이잉
나이스 캐치!
빠진 만큼 점점
오린이의 털색도 옅어졌다.

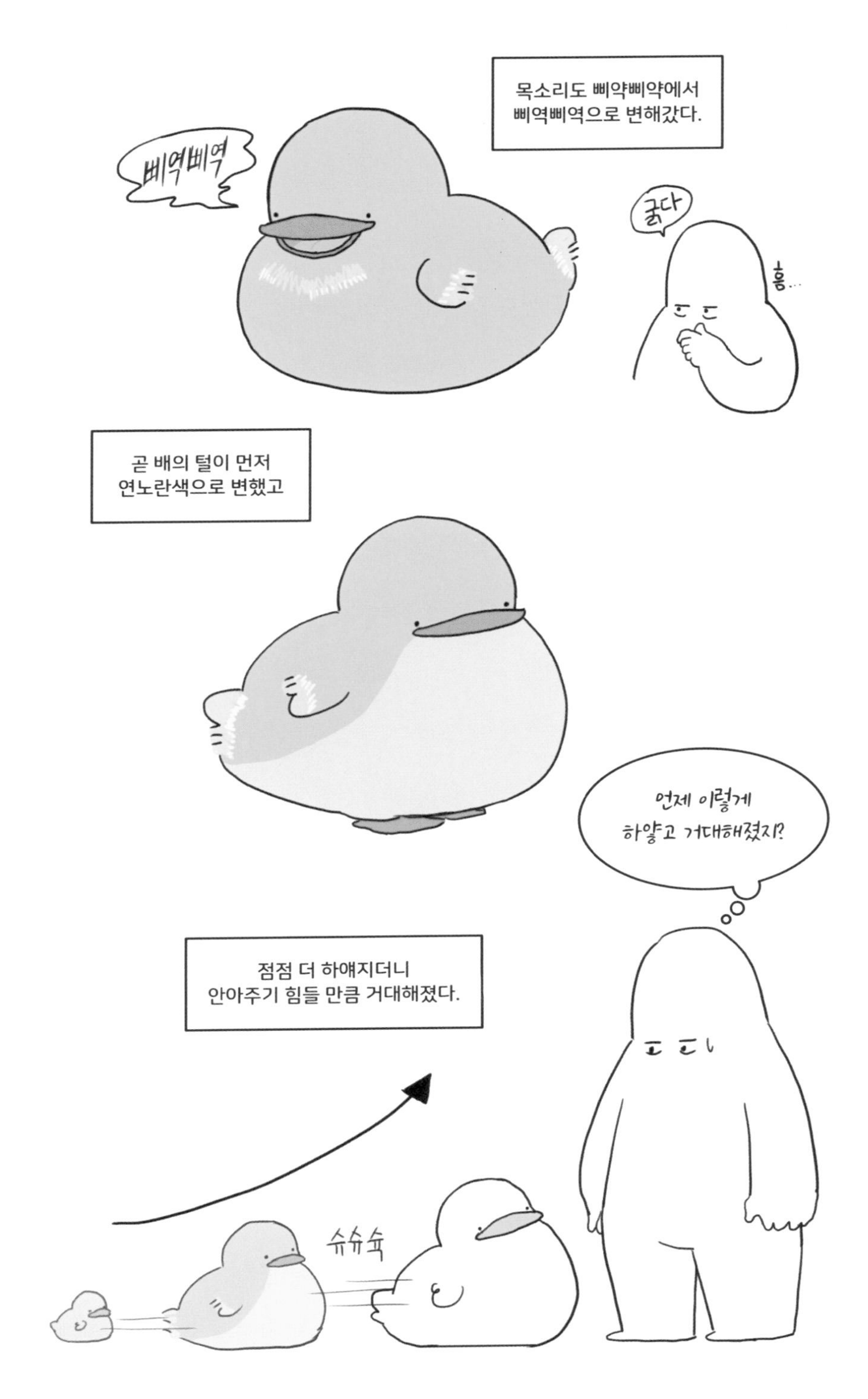
목소리도 삐약삐약에서
삐역삐역으로 변해갔다.
삐역삐역
굵다
흠…
곧 배의 털이 먼저
연노란색으로 변했고
언제 이렇게
하얗고 거대해졌지?
점점 더 하얘지더니
안아주기 힘들 만큼 거대해졌다.
슈슈슉

깃털이 모두 난 뒤
목소리는 한 번 더 변해
괵괵 소리를 내게 되었고
꽥꽥
암컷
맑은 꽥꽥 소리가 난다.
수컷
탁한 울음소리가 나며
꽁지깃이 말려 올라간다.
날갯짓도 자주 하고
물을 아주 좋아하는
성조가 되었다.
오지 마!
푸다다닥!
진흙탕에서 목욕하고 쫓아오는 중

그리고 더 이상 '오린'이 아니게 된
오린이를 '오른'이로 개명해야 하나 하는
일생일대의 고민이 시작되었다.
괵
장하다, 우리 오린이.
잘 커줘서 고마워!

오린이와 산골 생활

날갯짓에 푹 빠진 오린이
살짝 날 수도 있게 되었다.
아주 살짝.
오리가 항아리 위에 있어!
어디 어디?
나도 볼래.
후다닥
흡!
앗!
푸드덕!

날았다!!
못 날았다!!!
삐끗!
다리
다친 것 같은데?
오늘 동물병원
안 여는 날이잖아!
24
동물병원 휴무일

어때?
피는 안 나는데
만지면 아파해.
어휴,
저 바보들.
어디 다녀왔어?
옆~~ 동네 가축병원.
엑스레이가 없어서 못 본다고
진통제만 지어주더라.

동물약
이름 오리
XXX가축병원
동생아…!!
역시 언니랑 다르게
똑 부러지네.
다리 인대나
근육 다친 것 같다고
붕대 감아놓으래.
…….
…어떻게?
…….
아무도 오리에게
붕대를 감아본 적 없음.

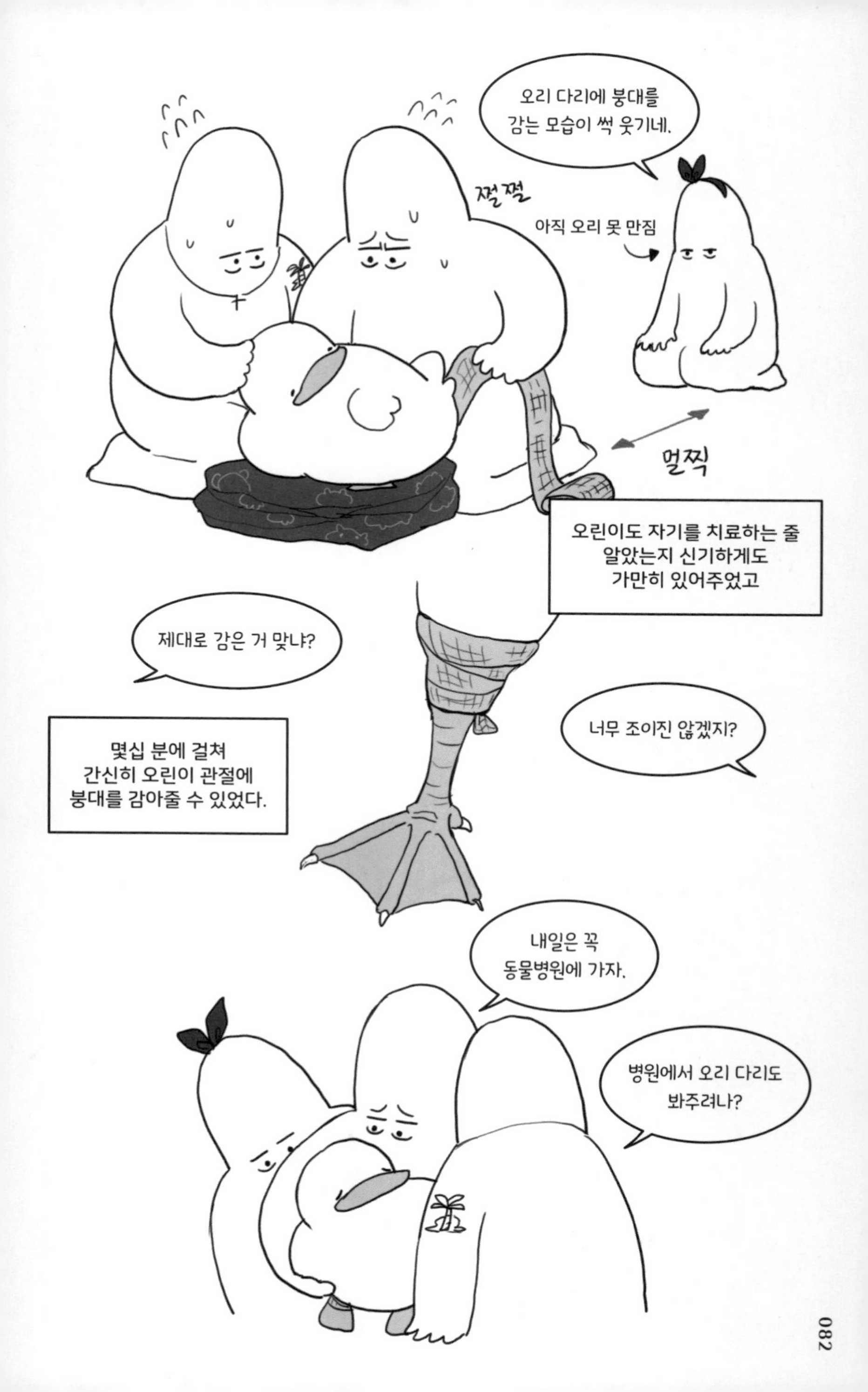
쩔쩔
오리 다리에 붕대를
감는 모습이 썩 웃기네.
아직 오리 못 만짐
멀찍
오리이도 자기를 치료하는 줄
알았는지 신기하게도
가만히 있어주었고
제대로 감은 거 맞냐?
너무 조이진 않겠지?
몇십 분에 걸쳐
간신히 오린이 관절에
붕대를 감아줄 수 있었다.
내일은 꼭
동물병원에 가자.
병원에서 오리 다리도
봐주려나?

가축병원은 말 그대로
소, 돼지, 닭 같은 산업 동물을
전문적으로 다루는 병원이다.

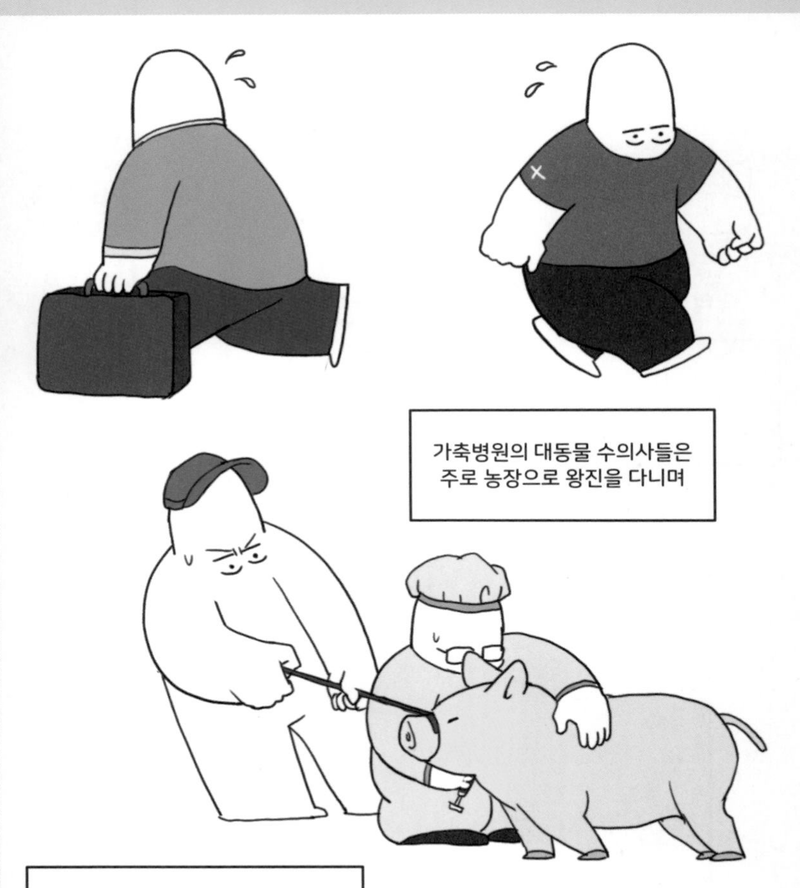
가축병원의 대동물 수의사들은
주로 농장으로 왕진을 다니며
건강검진, 질병 예방, 교배와 출산,
사인을 파악하기 위한 부검 등을
담당하며 가축 무리를 관리한다.
요즘은 수의대의 교육과정이 대부분
소형 반려동물에 초점을 맞추고

노동강도도 세고
진료 환경도
열악한 데다

퍽!

농촌에서 산업 동물을
다룬다는 특성 때문에

이 돈 내고 치료하느니
그냥 도축해야지….

뭘 믿고 맡겨….

축 개원

(진료받던 수의사가 아닌
수의사를 기피함)

나도 큰 동물…

(여성 수의사보다
남성 수의사를 선호함)

가축병원은 점점
줄어드는 추세라고 한다.

동물병원에 간 오린이

동물병원 열었대!!
좋아, 가자!!
어! 나도, 나도.
내가 운전할게.
동생이는 앞자리에 타.
나는 뒷자리에서 푸들이랑
오린이 안고 있을게.
가자!
짤랑
너희들 얌전히
있어야 한다.
왈왈!
(오리 어디 아파?)
구에에
(날다가 실수했어)

주차하고 갈 테니
접수 좀 부탁할게.
박스 바닥 갈고 갈게.
오리 접수도 부탁해!
걱정 붙들어 매.
신남
신남
동물병원
보호자분 성함
말씀해주시겠어요?
최XX요.
개 이름은 푸들이고요.
진드기 떼러 왔어요.
전화로 말씀드렸던
다리 다친 오리도
같이 접수할게요.

처음이시면 이것 먼저
작성해주시겠어요?
진료접수증
보호자 정보
성 명 :
연 락 처 :
주 소 :
반려동물 정보
이 름 :
품 종 :
성 별 :
나 이 :
네~
어라, 오리 이름이
뭐더라?
…….
…에이,
모르겠다.

분명
어릴 땐 가벼웠는데
왜 이렇게 무겁지?
푸들아,
나 왔다~
붕
붕

아이고, 처음 보는 아가네.
고양이예요? 강아지예요?

아, 얘는…
얄! 얄! 얄! 얄! 얄!
오리예요.
헷헷
호두야, 저거 봐.
오리다, 오리.
언니야~
얄! 얄!

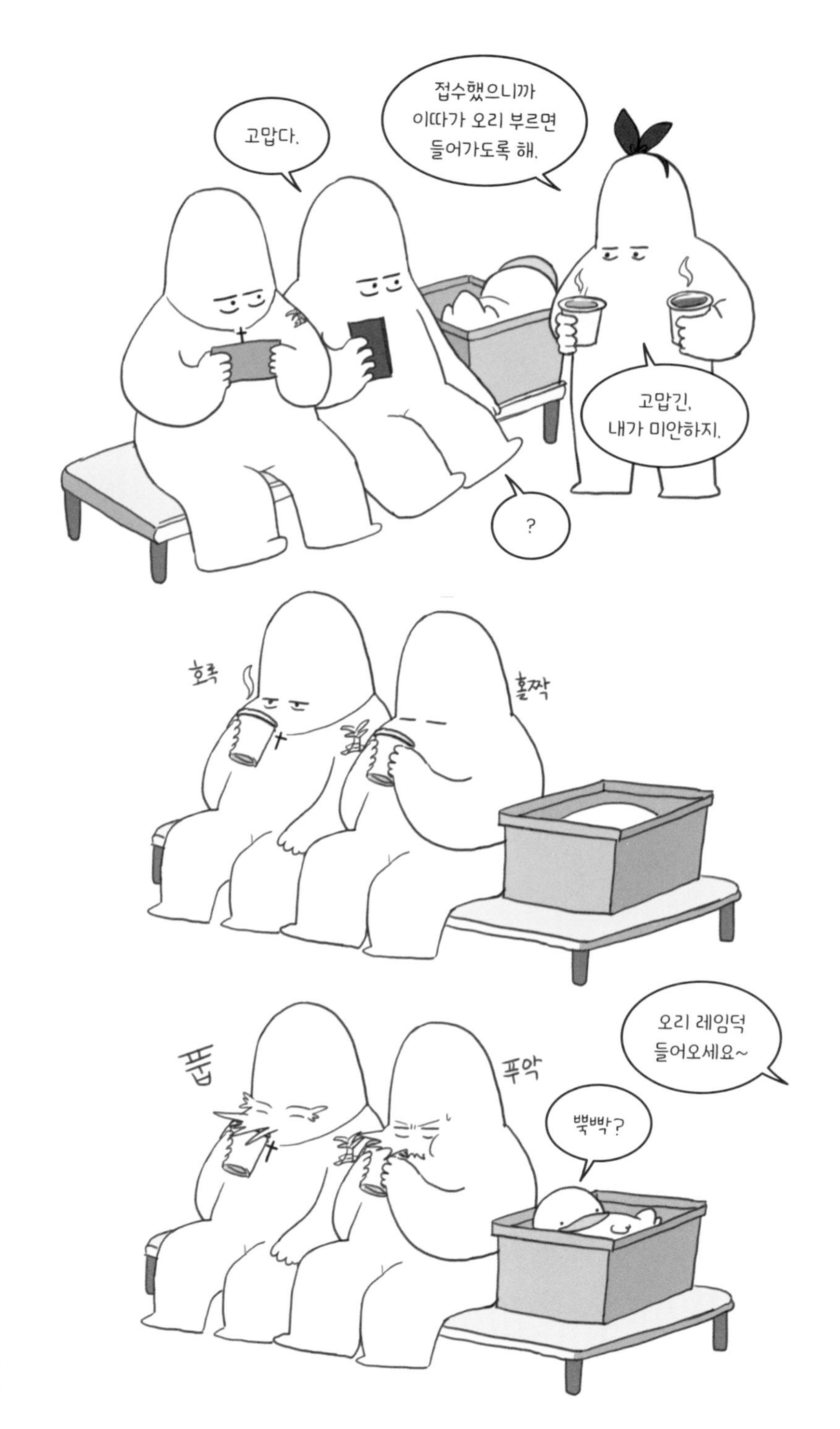
고맙다.
접수했으니까
이따가 오리 부르면
들어가도록 해.
고맙긴,
내가 미안하지.
?
호록
홀짝
풉
푸악
오리 레임덕
들어오세요~
뿩빡?

참 여러 동물을 받아봤는데 오리는 또 처음이네요.
ㅋㅋㅋㅋ
날다가 떨어져서 다리를 다쳤댔죠?
화끈
네….
아, 죄송합니다. 웃으면 안 되는데 이름이 레임덕이라…
일단 엑스레이 찍어볼게요.
고맙긴. 내가 미안하지.
오리 꼭 잡아주세요.
꼬옥

오리가 참 의젓하네요. 날뛰지도 않고 얌전히 있고.
너 칭찬해주신다. 감사합니다 해!
깟깟
뼈는 괜찮은 대신 인대를 좀 다쳤네요…. 염증도 생기려 하고.
약 처방해드릴 테니 당분간은 많이 걷지 못하게 하세요.
붕대는 요렇게 감아주시면 됩니다.
감사합니다.

푸들은 진드기 다 뗐어?
말도 마. 엄살을 얼마나 부리던지…. 슬슬 가자.
다 가루약이네. 물에 타면 소실이 클 텐데….
포도에 약을 찍어 몰래 먹여보는 건?
오!
약 약 약 약 약

우리는 오린이에게 약을 먹이기 위해
쪼갠 포도와 두부에 몰래 약을 찍는 등
갖은 노력을 했지만
햐~ 포도다
오리의 미각을
너무 얕본 탓일까
쩝 쩝
짭 짭
오, 먹는다,
먹는다.
오린이는 기가 막히게
약이 묻은 부위만 뱉어냈고
에퉤퉤퉤
퉷
으아악!!
다 튄다!!!
포도 한 알 속에
약을 숨긴 뒤에야
간신히 먹일 수 있었다.

오린이 꿈
ZZZ
저기, 있잖아.
오린아, 너 말할 줄 알았어?
아냐, 나는 지금부터 인간이랑 15분 동안 대화를 할 수 있게 됐어!

할 말이 있으면
빨리 해야 해.
나는 할 말 많아.
포도 많이 줘.
그래그래, 알았어.
나도 할 말 있어.
뭐 해?
이 카드는 아프다는 뜻이야.
아프면 이걸 물고 와.
잘 모르겠어.

그리고 이건
물을…
띵띠링
띵띠링
일어나세요~
엥? 벌써
15분이 지났다고?
띵띠링
띵띠링
일어나세요~
빳빳

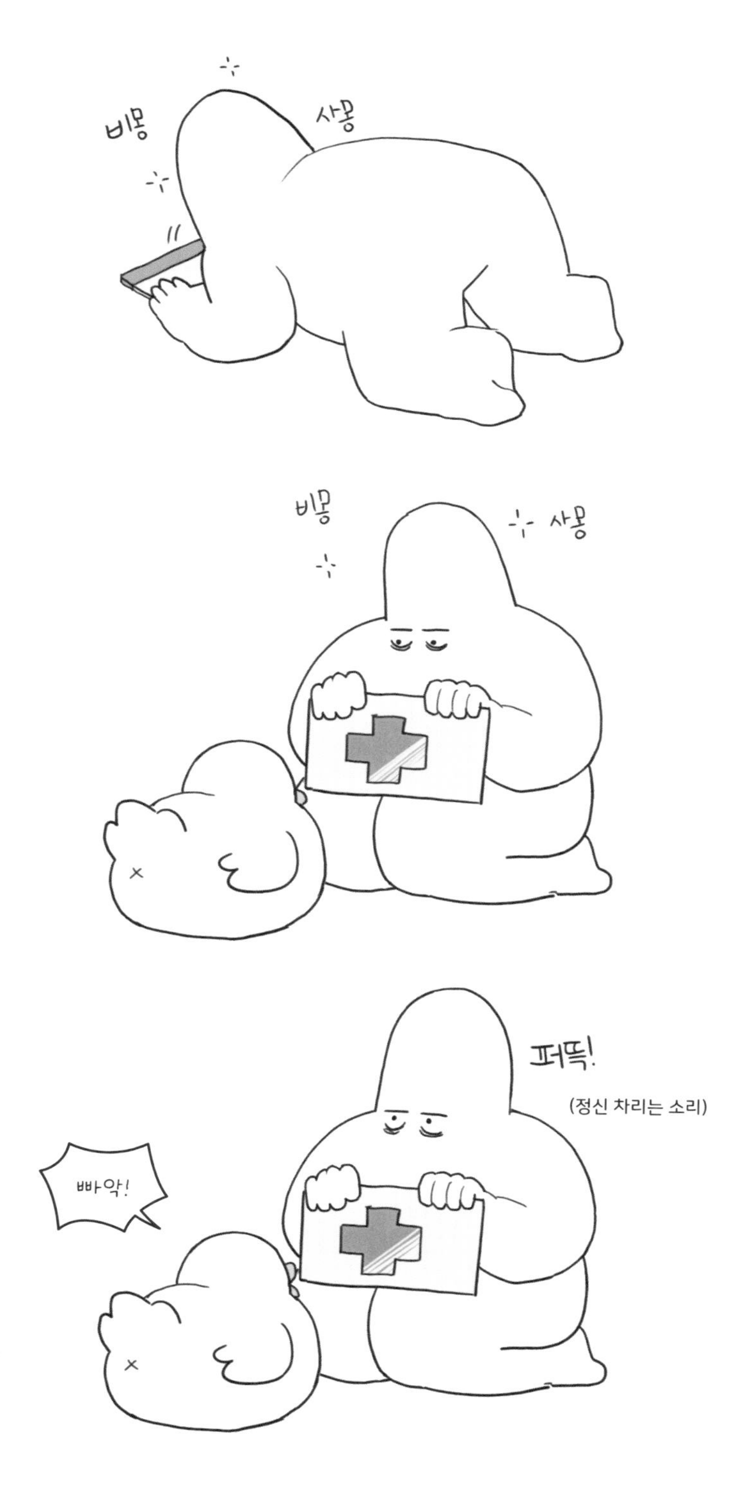
비몽
사몽
비몽
사몽
퍼뜩!
(정신 차리는 소리)
빠악!

오린이의 의사 표현

오리와 인간은 말이 잘 통하지 않는다.

그래도 같이 살게 되었으니
최소한의 대화는
가능해야겠다 싶어
끄적
끄적
오린이의 행동을
일상 속에서 관찰했다.
그래서
진전은 있어?
당연하지!
왱왱… 앙앙
빽스
빽스
먼저 아침!

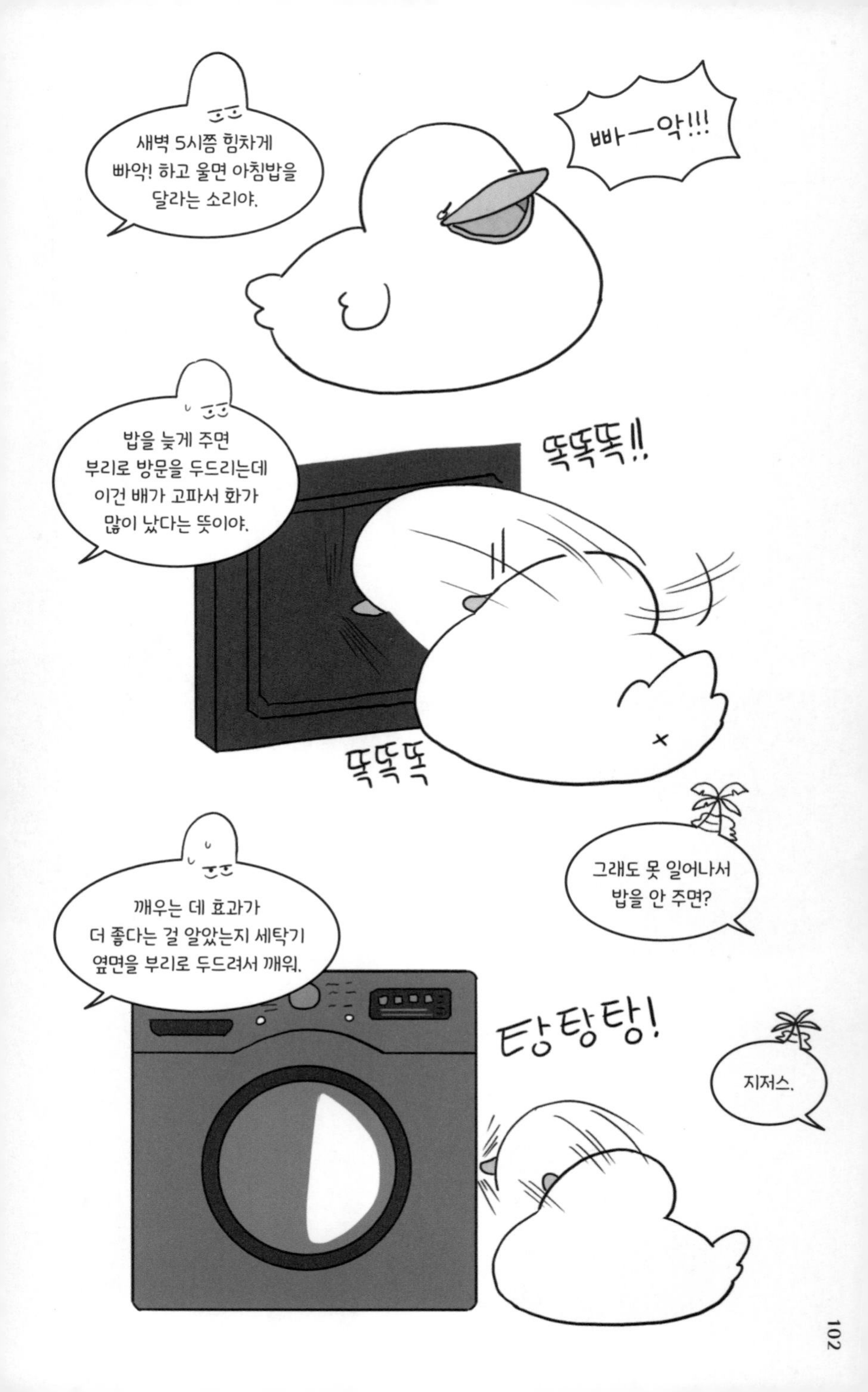
새벽 5시쯤 힘차게
빠악! 하고 울면 아침밥을
달라는 소리야.
빠—악!!!
밥을 늦게 주면
부리로 방문을 두드리는데
이건 배가 고파서 화가
많이 났다는 뜻이야.
똑똑똑!!
똑똑똑
그래도 못 일어나서
밥을 안 주면?
깨우는 데 효과가
더 좋다는 걸 알았는지 세탁기
옆면을 부리로 두드려서 깨워.
탕탕탕!
지저스.

밥을 다 먹고 뒤로 돌아서서
가만히 있는 건 배가
부르다는 신호야.
휙
내가 빨리 이동하면
따라오다 말고 빠압! 빠압!
하고 우는데 이건 아마도
기다리라는 소리 같아.
빠압!
빠압!
부리를 벌리고 숨 쉬며
침을 흘리는 건
너무 덥다는 뜻이야.
헥
헥
완전 개 같다.

두 다리를
쭉 뻗고 자는 건 경계를
완전히 풀었다는 뜻이래.
Z Z Z Z
경계심이라는 게
없구만.
그럼 아프다는 신호는
어떻게 보내?
그걸 모르겠어. 조류는
아프다는 티를 잘 안 낸대.
천적에게 들키면 잡힐까 봐.
저번에 다리를 다쳤을 때
눈물 흘리던 것처럼 어딘가 아플 때
울어줬으면 좋겠는데….
오리한테 아픔을
표현하는 법을
가르칠 수도 없고.

아, 그러고 보니
궁금한 게 있어.
뭔데?
저번에 네가 밖에서
오린이 밥을 주길래 그걸
한참 보고 있었거든.
그런데 오린이가 나를 발견하고
밥을 계속 쩝쩝 먹으면서
빤히 봤어….
이건 무슨 뜻일까?
…….
우물
우물

어… 그거야
밥 먹을 때 빤히 쳐다보면
'뭐야, 저 자식 왜 쳐다봐?'
싶으니까?
그렇구나!
깨달음
그걸 이제
깨달으면 어떡해.

오린이는 인간 문물에 관심이 많다.
야, 이거 내 책이야!
빠악! (그런 거 몰라)
오린이는 왜 그럴까?
오린이는 너랑 자라서 자기도 사람인 줄 아는 거야.
호기심 꾸러기가 되어 사람이 쓰는 것들이 궁금한 거지.
동물과 소통을 잘하는 아빠의 조언
세탁기를 돌리자면 오린이는 꼭 옆에서 구경을 한다.
초롱 초롱

청소기를 돌릴 때도
한참을 구경한다.
언니, 얘 또
청소기 구경해.
이상하네.
보통 도망가지 않나?
뻔히~
또한
사람의 밥을 탐한다.
안 돼, 이건
내 밥이야!
식욕게이지
뿌직

그리고 가끔은
우르릉 -
쿠르르르 -
이 날씨에
혼자 있으려니
좀 무서운데….
띠링
??????
띠링…
띠리링…
띵 띵 띵

띵… 띵…
띠링…
저긴
엄마 방인데….

끼이익
문이 덜 닫혔네.
엄마는 아직 안 왔는데…
띠링…
설마
누가 들어왔나?
딸깍
띵띵…

띵띵띠링띵...
띵가
띵...
띠링 띠링 띠용
꾸에에!
놀랐잖아!!
기타도 치는 낭만 오리다.

폭풍우 치는 산골
비가 너무 많이 오는데 부모님이 올라오실 수 있을까?
우리 부모님은 산 아랫집에서 자고 오실 텐데….
하긴 우리 부모님도 교회에서 주무시고 오시겠지.
삐이이이—
뭐지?
삐이이이이—
z z z

우르릉…
어, 천둥 친다.
크르르르르…
[XX군청]
오늘 15시 XX군
산사태 주의보 발령.
외출 자제 바랍니다.
[XX군청]
오늘 15시 XX군
태풍경보 발령.
안전에 유의 바랍니다.
푸들 혼자
집에 있는데!!
나 먼저 가본다!
벌떡
우리 집엔 네가
있어서 다행이다.
나 혼자 있었으면
무서워ㅅ
콰광

쿠ㄹㄹㄹ
쿵 쿵
오들
오들

띵-동
깜짝

쏴아아아
문명의 이기를
빌리러 왔다.
너희 집
정전됐구나.
푸ㄹㄹㄹ

먹을 것도 없고…
폰 충전될 때까지
신세 좀 질게.
너희 집이 정전됐으면
여기도 정전될 수 있는데….

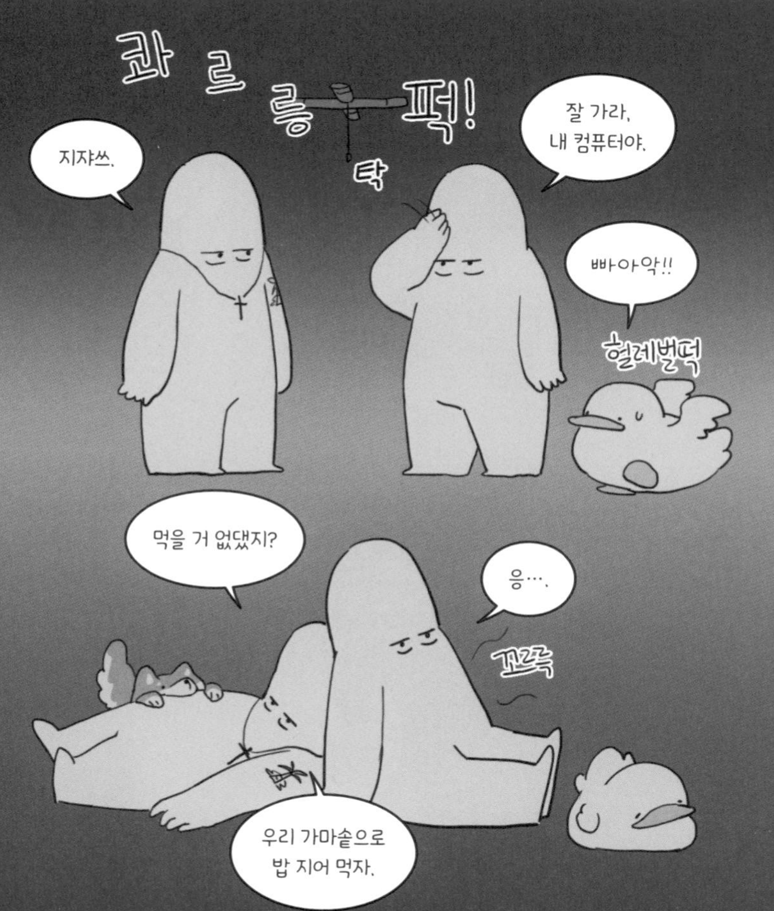
콰르릉
퍽!
지쟈쓰.
탁
잘 가라,
내 컴퓨터야.
빠아악!!
헐레벌떡
먹을 거 없댔지?
응….
꼬르륵
우리 가마솥으로
밥 지어 먹자.

사료 조금만
빼앗아 먹고 싶다.
꾸적
꾸적
얄밉게도
맛있게 먹네.
곱
곱
곱
이게
정말 될까?
걱정 마. 아빠한테
다 배웠어.
세탁용
가마솥에 쌀을 붓고
물도 붓고
이 커다란 라이터로
불도 붓고…

이렇게 기다리면…
화르르르르르
와! 바깥은 수재고
안은 화재다!!
빨리 불 꺼,
멍청아!!!

쌀(이었던 것)
다 타버렸네….
이상하다. 아빠는 어릴 때 이렇게 밥을 했댔는데….
…아버지 가족 몇 분이셔?
…8인분 기준이었구나.

가마솥은 고수만
쓸 수 있구나.
힘들고
배고프다.
삐이이이
삐이이이이이이이
[XX군청]
오늘 18시 XX군 산사태 주의보 발령. 산림 인근 주민은 지금 즉시 지정 대피소로 대피 바랍니다.
삐이이이이이이
방금 산사태 주의보
또 왔는데 즉시
대피하래.
이야, 이거 완전
우리 저격이네.
사람 화석으로
발견되기는 싫다.
튀자.
?
?
?

돌 떨어지는데!
툭
산신님
빡쳤나 봐!!
툭
탁
길 미끄럽다.
빨리 기도해!
이 재난으로부터
우리 생명을 지킬 수 있도록
도와주시옵고…
관세음보살.
1234
됐어. 이제
기도 파워로 간다.
수재를 피해 인간 둘과 오리, 개 한 마리를 태운
차는 조심조심 산을 내려와 하룻밤을 지냈다.
부아아아앙—

이거 분명 옹달샘이었지?
어제까지는 옹달샘이었지.
깊은 산속 옹달샘은 가장 강한 토끼만이 마실 수 있구나.
이거 어쩌나? 물이 옆으로 새는데.
어쩌긴, 망했지 뭐.
다음 날 처참히 범람한 옹달샘과 둥둥 떠내려온 나무들을 처리할 생각에 눈앞이 캄캄해졌다.

산길 산책

배가
살살 고픈데….
마침 산딸기가 열렸어.
이거 몇 알 따가자.
자, 산딸기 먹자~
뿍뿍
오린이도
한 알 먹어봐.

자, 부지런히
내려가자~
쩝 쩝
어.
앗.
알
빡
고라니다.
멈칫
고라니
밭작물을 파먹고
사람 목소리로 비명을 지른다.

후다닥
빠른걸.
운이 좋네. 고라니를 가까이서 봤어.
우와, 옆에!
박쥐다!
인공 동굴
일제강점기 당시 광물이 있는지 확인하기 위해 뚫은 인공 동굴. 박쥐, 도롱뇽 등 여러 동물이 살고 있다.

퍼덕
우와아아아!!
푸드득
깜짝 놀랐네….
파닥
우와아아아!!
무슨 일이야?
우와아!

양귀비(진짜)
간혹 씨가 날아와 무더기로 자란다.
잔털 없이 줄기가 매끈하며
열매가 크고 둥글다.
마약으로 쓰일 수 있어
경찰에 신고해야 한다.

저 차는 뭐지?
벌초하러 왔나?
XX가 XXXX
으아아!
들썩
들썩
으아아아!

아니…
왜 하필 여기서!
저 옆을 지나가면 서로 머쓱해질 텐데.
…산책은 내일 다시 하자.
즐거운 시간 보내고 가면 좋겠네.

동물병원에 간 오린이 2

베인 듯한 흔적만 보이고 피가 잔뜩 나는데
일요일 저녁이라 병원들이 문을 닫아서

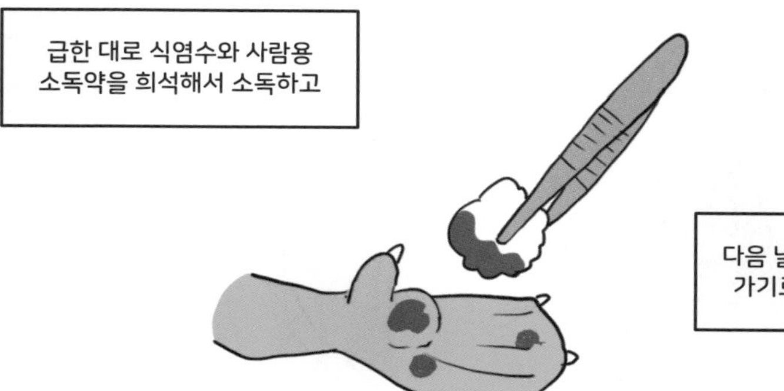

다음 날 병원에
가기로 했다.

아침이 되자마자 도내에서 유일하게
오리 발을 봐주겠다는 병원을 찾아 달려가

엑스레이로 발에 박힌
유리 파편을 확인한 뒤

찹!

오리 뒤집는 실력이 대단하신 선생님.
병원에 거위나 닭도 가끔 온다고 한다.

뒤집!

대박!

국소마취를 하고 발바닥을
수술해서 파편을 빼냈다.

원인은 등산객들이 버리고 간
술병들의 깨진 파편이었다.
아이고… 조금만 더
가벼웠으면 조각이
박히진 않았을 텐데.
매일 운동시키는데
조금만 먹어도 살이 쪄요.
고기용으로 개량된
오리라 그래요.
병원에서 치료도 받고
복 받은 오리네요.
마취가 풀린 오린이는 아파서
구슬 같은 눈물을 줄줄 흘리며 울었다.
하도 커서 저도 얼핏 보고
거위 새끼인가? 했어요.
거린.
빠흑
빡빡

오리 잡아주셔서 너무 감사드려요,
컨디셔너 선생님.
그럼 다음 주에 뵐게요.
수의 테크니션
걱정 마라. 나도
학기 초에 교수님 보고
쌤이라 부른 적이 있다.
아, 물론 교수님을
샴푸라 부른 적은
없지만.
테크니션테크니션테크니션테크니션테크니션
아무튼 산에 쓰레기를
버리지 맙시다. 특히
소주병 깨고 가지 마세요.
동물도 다치고
사람도 다쳐요.

동생

부리에 물리는 감촉이
이상하다며
만지지는 않지만,
오린이를 아주 좋아한다.

엄마
아유, 귀여워.
똑똑하기도 해라.
오리인이를
자주 칭찬해준다.
엄마는 오린이에게
이것저것 먹이길 좋아하는데
자~ 많이 먹어라.
우물 우물
오린이는
건강한 똥으로 보답한다.

유난히 오리 입맛에
신경을 쓰는 엄마는
사료가
맛이 없나?
사료
회식 날 술에 취해 동물용품점에서
DUCK이라는 글자만 보고
아, 요즘은 가게에서
오리 사료도 팔더라니까!
DUCK
for Dogs
오리가 들어간 개 사료를
사오기도 했다….
DUCK
for Dogs
DUCK

아빠
자, 시원한 얼음물 마셔라.
비타민에이가 부족하대서 당근도 좀 썰어 줬다.
아삭
아삭
신기하게도 오린이가 원하는 게 뭔지 정확히 안다.
그러나 늦게 퇴근하기 때문에 오린이는 얼굴을 자주 잊어버린다.
오린아, 나 알지?
머쓱

친구
오리이랑
노는 걸 좋아한다.
같은 반려인의 마음으로
이것저것 사주기도 하는데
동물병원 갔는데
오린이가 생각나서 샀어.
강아지 놀이
오린이는 오리라서
그런 정성을 전혀
이해하지 못한다.
아유, 좀 써주지.
야박한 오리.

오린이의 일과

AM 5:00
칼 기상
쭈 — 욱
쭉 —
왹!
외에엑!
퍼더덕
퍼덕
AM 5:10
자는 인간 깨우기

AM 5:30
식사하기
곱작
곱작
z
z
z
끄어어…
우워…
AM 6:00
다시 자는 인간 깨워서
냇가에 놀러가기
AM 6:20
차가운 냇물에서
목욕하기
오린아, 너무 춥다.
들어가서 씻자, 응?

AM 7:00
주방에 들어가서
아침밥 재료 얻어먹기
삶은 호박 먹고 가서
더 자라, 오리야.
AM 9:00
바닥에서 자는 인간
물어뜯기
깨물
AM 9:30
출근하는 큰 인간들
배웅하기
아무거나
주워 먹지 말고
잘 놀고 있어.
와악!

AM 10:00
휴식하기
새근
새근
AM 11:00
옆집 놀러 가서 푸들이랑
비밀 얘기하기
하-암
PM 12:00
주방에 들어가서
점심밥 재료 얻어먹기

PM 13:00
게으른 인간들과
넷플X스 시청하기
바삭
바삭
PM 14:00~
일광욕하면서 화단 망치고
나물 파헤쳐놓기
PM 18:00
주방에 들어가서
저녁밥 재료 얻어먹기

PM 20:00
인간의 꾀에 휘말려
자기 전 운동하기
휙
휙
후
헉
후
PM 21:00
운동 끝
PM 22:00~
꿈나라

그러고 보니
동물병원에 오는 강아지들은
모두 꼬까옷을 입었지?
오리 옷은 없나?
잠

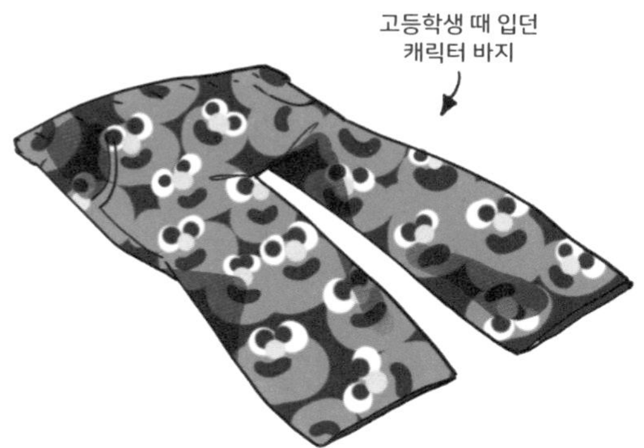
고등학생 때 입던
캐릭터 바지

바느질하자.
뭐 만들게?
까리한 오리 옷.
zzㅋㅋㅋㅋㅋㅋㅋㅋㅋㅋ
멍청이가
바늘에 찔리는 거
구경하러 왔다.
드르륵 탁
캐릭터가 그러지 말라고
비명을 지르는 표정인걸.
오리는 어딨어?
저기.
산산조각
오리 화나셨는데?
뿌욱
작아서 그런가 봐.
벗겨줘야지.

실이
안 들어가.
새근새근 피융…
쩝쩝… 피융…
오리 주무시는데
불 끄고 스탠드 켜자.

다 만들었다!
오린이도 이제
간지 꼬까옷 있다!
z z z
이제 이거 입고
동물병원 간다!!

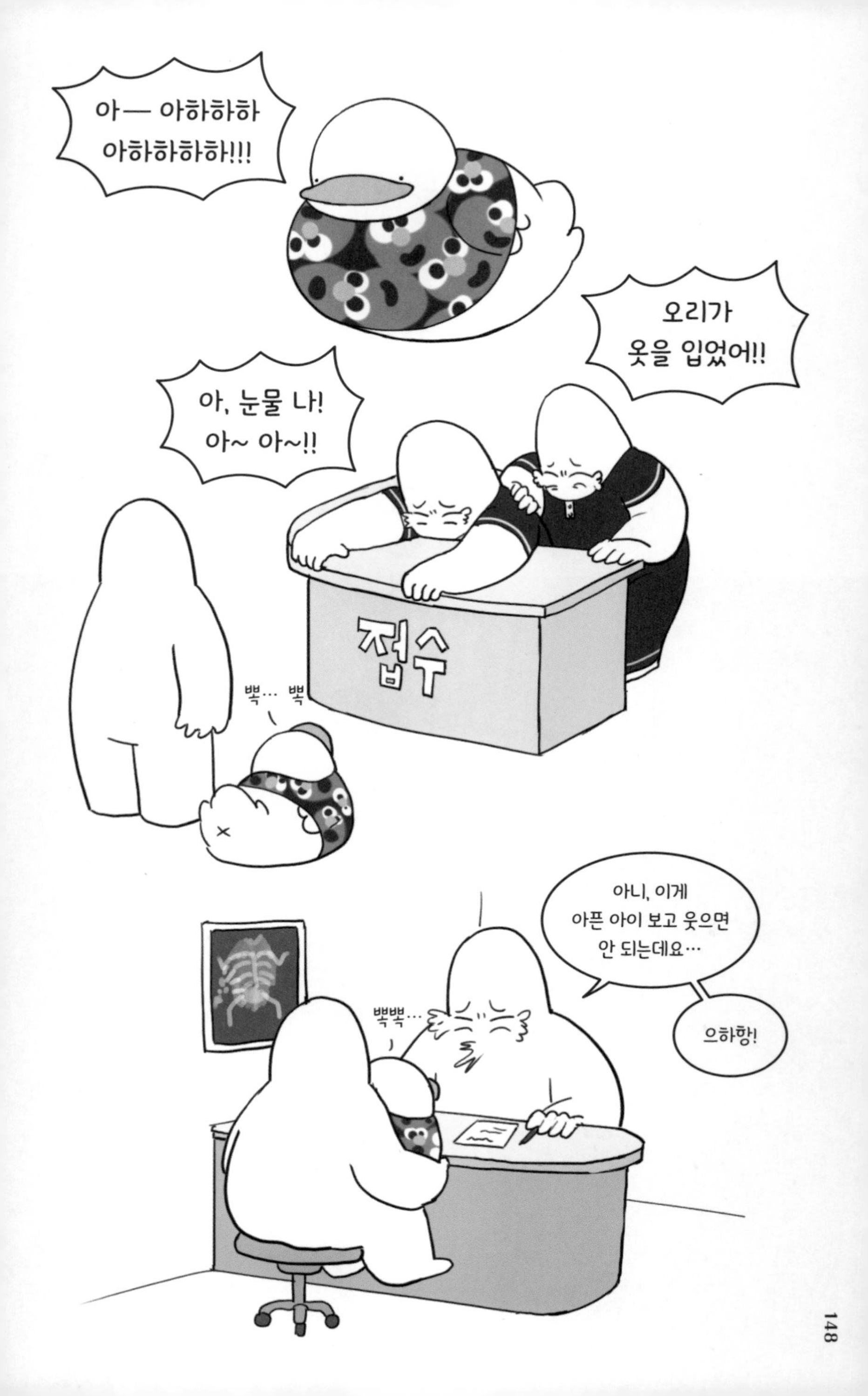
아— 아하하하
아하하하하!!!
오리가
옷을 입었어!!
아, 눈물 나!
아~ 아~!!
접수
빽… 빽
아니, 이게
아픈 아이 보고 웃으면
안 되는데요…
빽빽…
으하항!

ㅋㅋㅋㅋㅋㅋㅋㅋㅋㅋ
아하하하하하하하!!
창피하군...
와아앗!!!
와아앗!!!
와아앗!!!
와하하하하하하하!!
으흐흐 아하하하하하학!!

왱

뿍스

오리 너 응가 왜 민트색이야?
어디 아파? 대답해봐.
외? 왹왹?

아냐. 이게 응가가
아닐 수도 있잖아.
쿵
쿵
쿵
쿵
매우 응가!!!
우웨엑
잘 먹고 잘 자는 거 보면
병은 아닌 것 같은데….
오리가 민트를
쌌다더니 진짜네.
이럴 때는 전문가에게
물어보는 게 정답이지!
전문가?
찰칵!

Orimujung (Korea)
안녕하세요, 오리 전문가님.
오리가 민트색 똥을 싸요.
건강에 이상이 있는 건가요?
DuckMaster (US)
민트색 똥이요?
혹시 오리가 양배추나
비트를 많이 먹었나요?
건강 이상이 아니라면 색이 많은
채소를 먹었을 때 일시적으로
응가 색이 푸르게 변할 수 있어요.
색이 많은 채소는
준 적이 없는ㄷ
아!
엄마, 혹시
어제 남은 비트
오린이 줬어요?
엉, 드렸어.

어제 비트를 써는데
오리가 옆에 폭 앉아서는

"아줌마, 비트 주세요.
저도 비트 주세요!(가성)"
하는 거야.
그래서 줬지!
오리
비트 구걸하는
힙합 오리.
빨간 비트 먹고
민트색 똥 싸는 외계 오리.

사실 오린이를 처음부터
맡아 키울 생각은 아니었다.
칼슘사료
영양제
영양제
꾸벅
조건이 되는 입양자가
나타날 때까지만 돌보다
보내려 했는데
생각해보니
얘는 가축이었다.

육류
고기
털과 고기를 제공하는
소모품 취급에

치료가 가능한
병원도 드물고
가축 병원
NO
며칠만 돌봐도 힘든
이 어린 동물을

처음 보는 사람이 끝까지
잘 책임진다는 보장도 없었다.

휙!

!

겨우 살아난 이 오리를
다시 죽일지도 모른다는 생각에

마침 조건이 되던 내가
키우기로 결심했는데…

소중

칼슘 사료
오리전용
사료
조류 영양제
단백질 사료
면역력 사료
굴껍질 사료
이번 달은 영양제 값이 더 많이 나갔네.
퍽
퍽
땅에 오리 똥 묻는 중
우와… 병원을 몇 번 가면 백만 원이구나!

이것도 삼키면
위험하고…
집 안 구석구석 설치된
모서리 보호대
덤벼라, 오리!
오린이
운동시키는 중
어휴
빡!

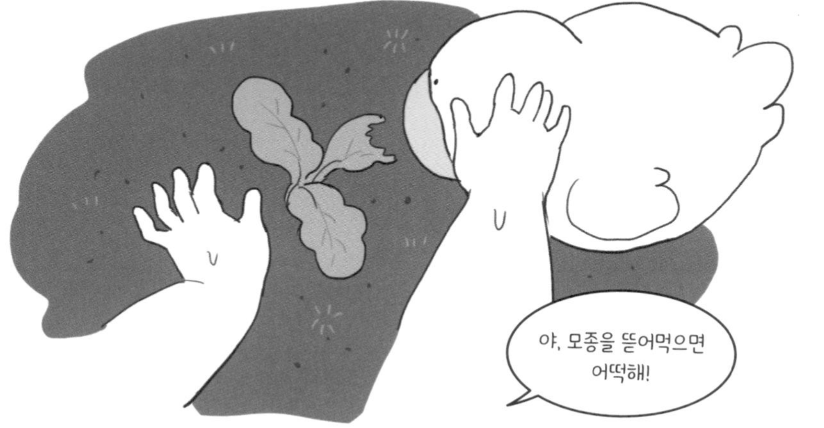

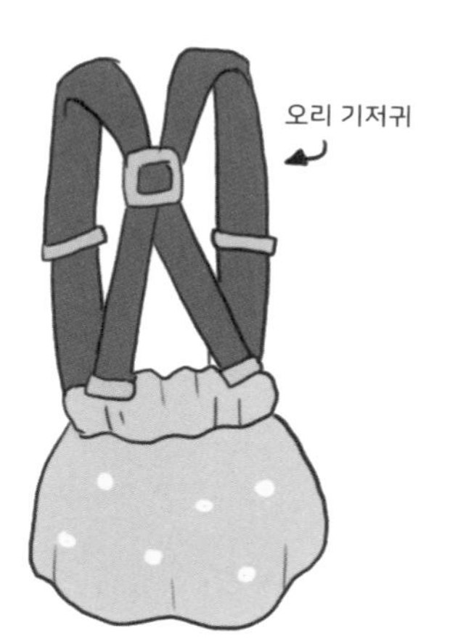

국내에는 팔지 않는
오리 용품 구매 및 기타 등등…
일반적인 반려동물이 아니다 보니
정말 큰 노력이 들어갔다.

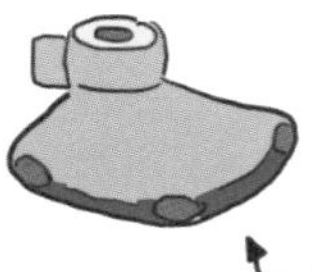

하지만 모두 다 감수할 가치가 있다고 생각한다.
오린아.
우리 평생 친구다?
왜냐면 오린이는
이제 소중한 우리 가족이니까!
오리 친구 꼭 만들어줄게!!
깨물
아아악!!! 미안 미안 미안!!!!

오리 선생님
평생 오린이 혼자일 것도 아닌데 다른 오리에게 적응하지 못하면 어쩌지?
갑자기 왜?
오린이 말이야…. 좀 오리 본능이 필요할 것 같아.
오리적인 행동
오리적이지 않은 행동
뿌직
아무 데나 똥을 쌈
배변 패드에 똥을 쌈
인간을 보면 도망감
어디 가?
현관까지 인간을 배웅함
그거라면 괜찮은 생각이 있어.

그래서…
오리를 빌려달라고?
네, 4~5개월 된
오리로 부탁드려요.
저~기 구석에 있는
오리 뵈지?
성질이 순혀서 서열이 낮아
밥도 쪼매밖에 못 묵고
내가 매일 챙겨줘.
자, 데리고 가라잉.
아유,
감사합니다.
선생님이다,
선생님.
괘에에…

오리 책에는 합사할 때 혼란 방지를 위해 밤에 몰래 넣으래.
오리
한 마리뿐인데 밤새 한 마리가 늘어나면 더 놀라지 않을까?
나 같으면 놀라서 기절한다.
그런가?
오리
오린아, 우리가 누굴 데려왔게?
영차
아직 보면 안 돼!
?

짜잔~
오리 선생님이셔.
다 큰 오리는
본 적 없지?
혼란스러운 거 아냐?
밤에 넣을 걸 그랬나?
와앗… 와앗…
와아아앗!!!
되게 좋아하는 것
같은데?

괏괏 긋 과아앗
와~~~~~앗?!
둘이 어디 간다.
따라가보자.
괏
왓
괏
너희 집
화단이잖아.
소개해주나 봐.

오리 선생님이
화단에서 뭔가 드시는데?
저건 돌나물이야.
심은 게 아니라서 먹어도 돼.
오물 오물
오린이 띠용! 했다.
??
쩝 쩝 쩝
맙소사, 서민들은
이런 걸 먹는단 말이냐!
라고 말하는 것
같지 않아?
매일 사료와 과일을
듬뿍 먹는 오리
맞는 듯?
맛있지?
존맛
하지만 따라서 뜯어 먹음.

그럼 오리 문화를
배워오너라.
문질
문질
자, 선생님도
문질문질!
휙
자, 우리는 시원한 방에서
게임이나 할까?
어제는 RPG 했으니까
오늘은 다른 게임해!
!
꾸에에에?
콱콱콱!

경찰 쏘면 안 돼!
공무집행방해야!
피융
헛소리하지 말고
빨리 쏴!
피융
으아아!
빵!
엥?
끼이이이—
쟤네 지금 문 밀고
들어온 거야?
뻥뻥
빳빳
(이렇게 밀면 열린다?)

냠냠
오린아! 사료 포대
터는 법 가르치지 마!!!
오리 문화라니까!
나가서 놀아,
이 오리들아!!
으아아아악!!!
꼴깍
변기 물 마시는 법
가르치지 마!!!
꼴깍
인간 문화를
가르쳐주면 어떡해!
좀 더 오리 문화를
가르쳐주세요, 선생님.
콰아앗!
불만
불만

이번에는 부디
잘 배워와야 할 텐데….
터벅
터벅
??
앗, 선생님이 땅을
훑기 시작했어!
팍
팍
팍
벌레다!
덥
석
역시 오리야!

냠냠
오린이도 따라서
땅을 파기 시작했어!
깔짝
열심히
파긴 파는데….
아무 곳이나 파니까
당연히 안 나오지….
아, 포기했다!
하긴 벌레가 없어도
사료를 먹으면 되니까!

사료 먹을 시간이다,
오리들아!
곱곱곱
냠
쩝쩝쩝
배가 부르니까 딱
붙어서 자는구나.
동족이 많이 그리웠겠지?
슬프고 미안하네.
좋은 꿈
꿨으면 좋겠다.

일주일 뒤
오리 선생님은 자주 놀러 올 테니까 걱정하지 마.
선생님께 빠이 해.
그래서 결국 오리인이가 뭘 배웠더라?
일주일간 잘 먹어서 윤기 나는 오리 선생님
땅을 파면 확률적으로 벌레가 나온다는 사실?
돌나물은 맛있다?
어서 야외 오리 집 보강해서 한 마리 더 데려와야겠어.
돈 많이 벌어서 오리 천국을 만들어주자.
싫은데. 오리 극락 할 건데.

아기 오리 오린이는
먹는 것을 가장 좋아했다.
빨리 먹고 쑥쑥 커야 하니까.

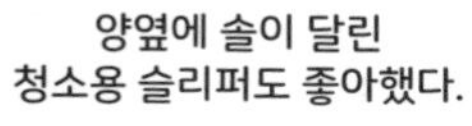

갓 태어나 세상 만물이 신기한 아기 오리는
산책 길에 잔뜩 핀 봄꽃도 좋아했다.

처음 포도를 맛볼 때는
반응이 끝내줬다.
더 줘!
더 줘!
내 두 발이 채 들어가지 않는
세숫대야에 쏙 들어가
하루 세 번 목욕을 즐겼다.
첨벙
첨벙
그리고
차 소리를 무서워했다.
부우우一웅
오들오들
쿠르르르
자취방 근처에서 가끔 화물차 소리가 났는데
그럴 때마다 내 발밑으로 도망쳐 왔다.

여름

산의 산들바람을 좋아했다.
바람이 살살 불어오면 날기 위해 날갯짓을 했다.
그러다 크게 다치기도 했지만….

아플 때 먹었던
보양식도 좋아했다.
북어, 당근, 브로콜리, 미꾸라지 등을
찌고 삶아 만든 영양식
못 잡겠지?
못 먹겠지?
회복을 위해 먹였던
삶은 연어
아아악!
깨물!
달달하게 삶은 양배추

그렇게 먹고 회복할 즈음엔
다른 오리들보다 거대해졌다.
우와, 너 오리야
거위야?
아무튼 엄청 큼
같은 나이의
일반 오리
오린이
재활 겸 운동을 위해 계곡에서
수영할 때 바위에 붙은 이끼를
뜯어 먹는 것도 좋아했다.
계곡 수영을 하고 오면
꼭 냉장고를 부리로 두드리고
텅텅
휙
휙 돌아보길 반복했는데

그건 냉장고에서 간식을
꺼내달라는 행동으로
시원한 포도
한 알을 꺼내 주면
야, 발 닦고 다녀!!!
찰딱
찰딱
우물우물 먹고 입맛을 다시며
에어컨 아래에서 더위를
피하는 것을 좋아했다.

가을
지나가는 잠자리를
좋아했다.
월동 준비 중인 개미를
보는 것도 좋아했다.
신기하게도 먹지는 않고
가만히 구경만 했다.
뽈 뽈 뽈 뽈
더는 못 줘!!
추석날 자투리 음식을
얻어먹는 것도 좋아했다.
빠아아아!!!

새벽에 밖에 나와
사과 한 알을
먹고 있자면
아삭
아삭
쩝 쩝
자다가 터벅터벅 걸어 나와
사과 얻어먹기도 좋아했다.
공기가 차가워질 즈음
소파에 기대어 자고 있으면
슬쩍 와서 옆에 눕기도
좋아했다.
zzz
응가 묻은 발을 몰래
이불에 닦기도 좋아했다.
슥
슥
슥

오리가 실시간으로
살살 녹는 걸 볼 수 있다.

겨울 귤도 좋아하지만
시트러스 종류는 오리 몸에
좋지 않기에 아주 조금만 준다.

짭짭

잔뜩 각질 낀 부리 건강을 위해
바르는 코코넛 오일은
아주아주 싫어했다.
아, 꿀잼.
문질
문질
나도 발라볼래.
하지만 바르는 게
재미있어서 내가 좋아한다.
살짝 데운 사료를 먹으며
따뜻한 방 안에서 창문을 통해
떨어지는 눈을 보는 것도
좋아했다.
사계절 내내
참 좋아하는 게 많은 오리다.

오린이의 생일 파티
오린이가 우리 가족이 된 지도
벌써 1년이 되었다.
오리 관점 가족 서열
1위
2위
3위
기타
오린이가
나는 안 물어.
나는
살살 물던데.
오리 겨털이
보드라워서
참는다.
지난 5월 초 처음 주웠을 때
오린이는 갓 태어난 병아리가 아니었다.
1주에서 많으면
1주 반 정도 된
오리네요.
따라서 오린이의 생일은
추정컨대 4월 말이라는
소리지.
4월 四月 April
4월
30일
오늘이잖아!!

처음 봤을 땐 노란 털
아기 오리였는데….
이럴 때가 아니야.
오리 생일 파티를 하자!
요즘은
펫 케이크라는 것도
있던데 그건 어때?
좋아!
한번 찾아보자!
이건…
연어 케이크 ₩30,000
으깨줘야지
먹을 것 같은데….

다른 케이크를 보자.
으깨면 케이크를 사는 의미가 없잖아.
오리고기 케이크 ₩ 30,000
어쩔 수 없다. 오리가 환장하는 걸 싹 모아서 커스텀 생일 파티를 하자.

하나로마트
세일
포도도 담고~
샐러드
샐러드
주섬
연어도 담고~

싱글
벙글
갸우뚱
기대해라, 오리!
? ? ?

연어 포도 케이크 완성

오리나,
생일 축하해!
빠…
생일 축하합니다~
생일 축하합니다~
사랑하는 오리이의~
빠악…!!!
생읽!!!

사람과 다르게 동물들은
음식의 제약이 아주 크고
종마다 제약도 다양하다.
냠
끼잉…
대표적으로 개나 고양이는
포도를 먹어선 안 되지만
오리는 괜찮음
냠
뭐든 먹어 치우며
진화한 인간들은
독을 별미로
여기기도 하지만
M
불볶음면
초코
불볶음면
M
초코
이것을 동물이 까딱 잘못 먹었다가는
큰 해를 입을 수 있다.

오리는 개나 고양이만큼의
큰 음식 제약도 없고
회복도 빠르긴 하지만…
이번엔 오리가 먹어선 안 되는 것들을 소개하고자 해요.
먼저 인간이 먹어선 안 되는 것들은 전부 주지 않는 게 좋습니다.

두 번째로 감귤류.
오리의 칼슘 흡수를 방해하고 위산의 역류와 복통을 유발한다고 해요.
세 번째로 양상추!
오리 설사 냄새가 떠올랐어…
소량은 괜찮지만 많이 먹으면 심한 설사를 일으킬 수 있대요.
우웨엑-
네 번째로 가지과 식물들은
오리에게 치명적인 독성을 가지고 있다고 해요. 잘 익은 토마토는 빼고요.

다섯 번째로 양파는
설사와 구토, 빈혈,
호흡곤란을 일으킬 수 있어요.
여섯 번째는 아보카도!
너무 맛있어서 가끔 오린이와
나눠 먹을까? 하다가 아차! 하는
무서운 과일이에요.
아보카도는 모든 새들에게
독성이 있고 심장 통증과
심부전을 일으킨다고 해요!

일곱 번째, 초콜릿!
구토와 설사를 유발하고
심할 경우 중추신경계가 영향을 받아
발작을 일으키다 죽는다고 해요.
안 먹어.
마지막으로
카페인과 알코올!
쏘주
떠든오리
-오린이
이걸 누가 먹이나 싶지만
세상은 넓으니까요. 알코올은
신체 기능을 저하시키고 카페인은
심장 문제를 일으킵니다.

그럼 질문! 오리에게 빵을 줘도 되나요?
별 영양가 없는 빵은 오리에게 나쁘고 배 속에서 빵이 불어 위험할 수 있대요!
아~ 그럼 통곡물 빵 약간은 괜찮겠구나.

통곡물 빵?
휙
쩝
짭
짭
쩝
내 점심밥

나는 살면서 동물들과
큰 인연을 가진 적이 없었다.

감정적 교류가 가능한
반려동물을 키운 적도 없고

씨몽키

달팽이

아주 늠름해 보이는
여우입니다.

동물들과 한 발짝 떨어져
지켜보는 걸 더 좋아했기 때문이다.

그랬던 내 일상에 갑자기
오리인이가 쑥 들어왔다.
이 노란 생물은
전례 없는 충격을 선사했는데
무려 나를 따르는 것이다!
나를 따르지 않음

노란 털이 다 빠질 때까지
나를 졸졸 따라다니고
내가 없으면 외로워하며,
슬플 때는 내 품에 머리를 콕 박고
내가 아픈 기색을 보이면
안절부절못하는 것이었다.
빡
빡
사랑니 발치

가축으로나 알던 동물이
이런 행동을 한다니!
이 커다란 새와 함께
내 세계는 천천히 바뀌었다.
고기 드릴까요?
아뇨….
크기로 봐서는
고작 5~6주밖에
못 살았나…?
고기
나는 또 다른 오리들을 위해
고기를 점차 줄이는 것부터
시작했다.

계란은 꼭 살 일이 있으면
동물복지란을 택하게 되었다.

사람은 아는 만큼
보인다고 했던가?

겨울엔 새로운
털 패딩을 사는 대신

옷을 두텁게 겹쳐 입는 등
점차 변하고자 노력했다.

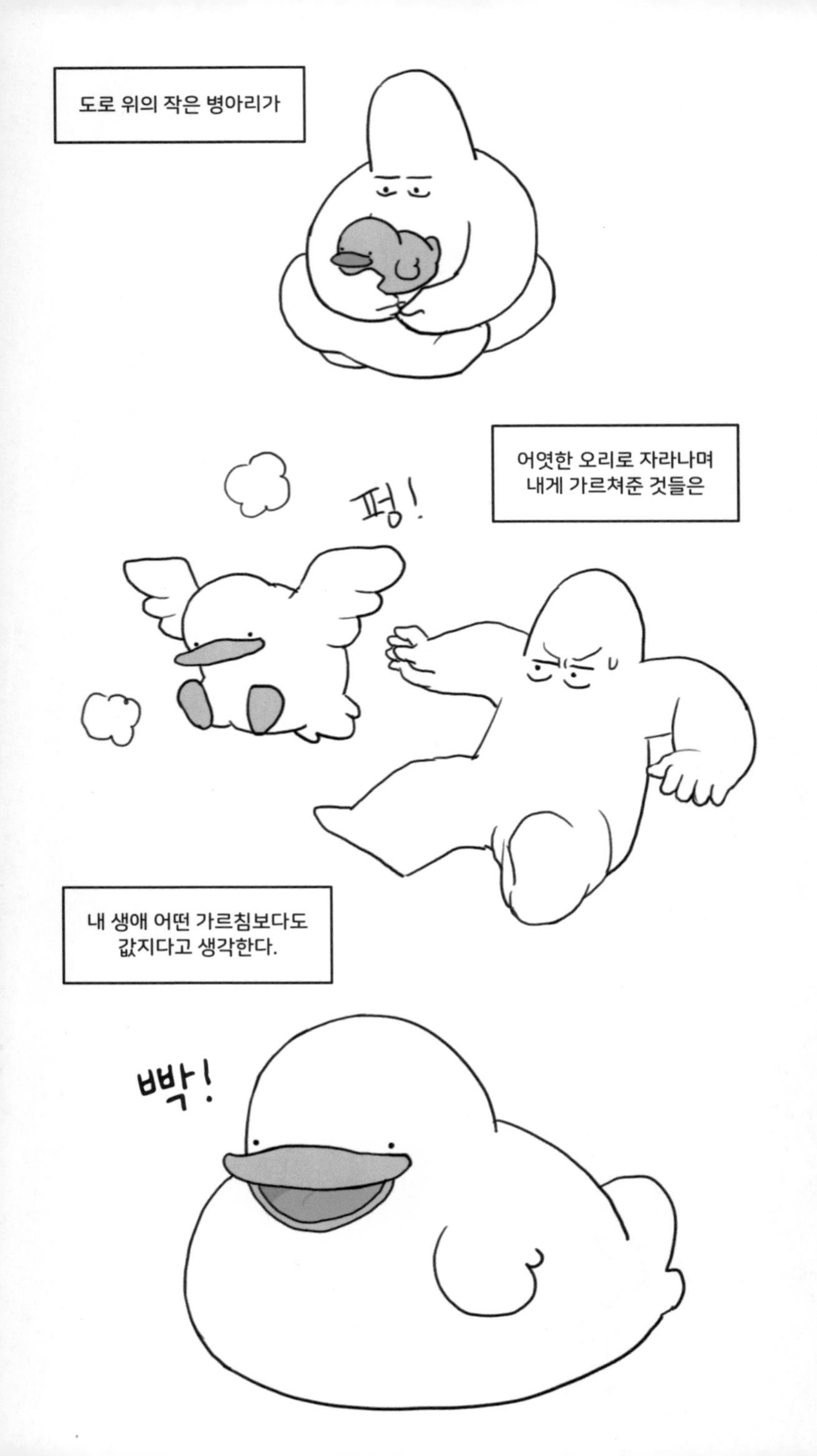
도로 위의 작은 병아리가
어엿한 오리로 자라나며
내게 가르쳐준 것들은
펑!
내 생애 어떤 가르침보다도
값지다고 생각한다.
빡!

오린이는 육용종
오리라고 한다.

조금만 먹여도 금방 커지도록
개량되었기 때문에
쑥
쑥

관절 문제가
생기지 않도록
때때로 강도 높은 산책을 통해
체중을 조절해줘야 한다.
다이어트

에코백
오리 물통
약간의 사료
오리 똥 봉투
오리 목걸이
가끔 해외 SNS에는
중형견용 리드 줄을
하는 오리도 있던데
오리이는 사이즈가
참 묘해서 맞는 것이 없었다.
그래도 사람이 앞뒤로 호위하고
졸졸 잘 따라오니 다칠 일은 없다.

산을 내려오면
다 무너져가는 옛 탄광촌
숙소가 보인다.
숙소를 조금 지나면
작은 마을이 나온다.
아유, 산 윗집
오리 왔구마.
이거 무라
고분고분한 게 참 신기혀.
테레비에 나와도 되겠어.

무슨 소리인지는 몰라도
한껏 의기양양해진 오린이는

동네 공원쯤에서
속도를 내기 시작한다.

그러다가 곧 지쳐서
물과 밥을 달라고 조르는데

사료와 물을 먹고 나면
이제 좀 쉬겠다며 바닥에 드러눕는다.

오린이의 페이스에 맞춰
꽃구경을 하다 보면
평소에는 보지 못했던
작은 것들을 볼 수가 있다.
쉬고 나면 오린이가 출발하자며
빡빡 탓탓 신호를 보낸다.
빳
빳

동네 외곽을 지나면
거위를 키우는 집이 나온다.

거위들은 집을 지킬 만큼
똑똑하고도 사나운데

오리이는 거위가
동족인 줄 알고 다가가다가

매번 혼나고
도망쳐 온다.

산책로가 끝나는 지점에
도달할 때면 어김없이 날이 어두워지고
오린이의 산책도 끝난다.
저 멀리 조금 번화한
동네의 불빛이 보이고
오린이는 그것을 한참 구경하다
피곤에 지쳐 내 품에 안겨 잠든다.

의사는 오리인이가 개량종의 한계로
1년 이상 건강하게 살기
힘들 것이라 했었다.

하지만 막 1년이 지난 지금
산책으로 다져져 건강한 오리인이를
보면 점점 희망이 생긴다.

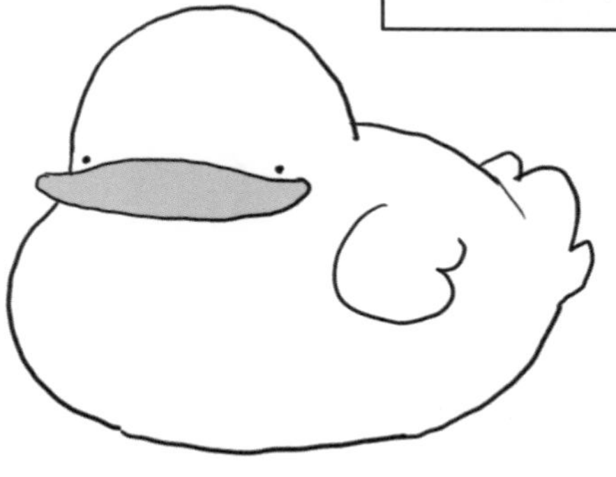

새로운 가족
오리 선생님을 모시러 온 어느 봄날
할머니, 저희 왔어요!
양갱
마침 잘 왔다. 저 오리, 늬들이 데려가라.
목욕탕
오리 선생님 꼴이 왜 저래요?
양

이놈이 덩치도 작고 힘도 없어서
늘 대장 오리가 쪼아댔는데
그 때문에
깃털 다 망가지고 순번이 꼴찌라
다른 놈들까지 달려들더라고.
같이 공격하고 몰아내니까
이놈이 밥도 안 먹어.

그러면 준비가 되는 대로
바로 데리러 올게요.
너희 야외 오리 장도
빨리 보수해야지.
이제 슬슬 식구가
하나 더 늘겠구나.

2주 뒤

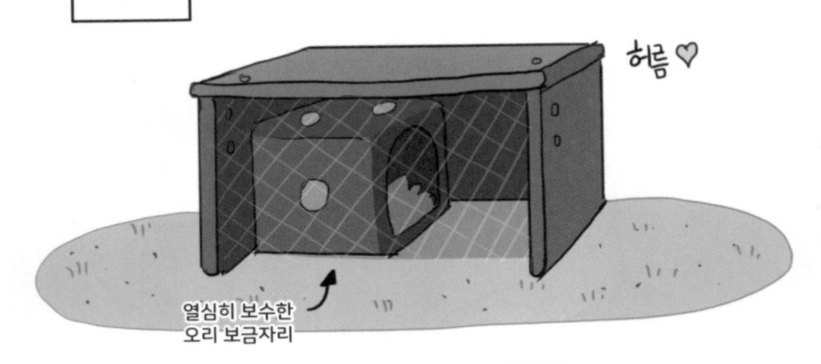

이거 봐, 오린아!
이제 우리
새 식구야.
빵빵 빠앙빵
꾸에에에…!!!

이제 오리 선생님도
우리 가족이니까…
역할이 아닌 이름이
필요할 것 같아.
까마귀!
비둘기!
너는 도대체
뭐가 문제냐?

멀쩡한 이름이 필요ㅎ
막시무스.
막.시.무.스.
막시무스!
막시무스!
이름 막시무스
하라고!

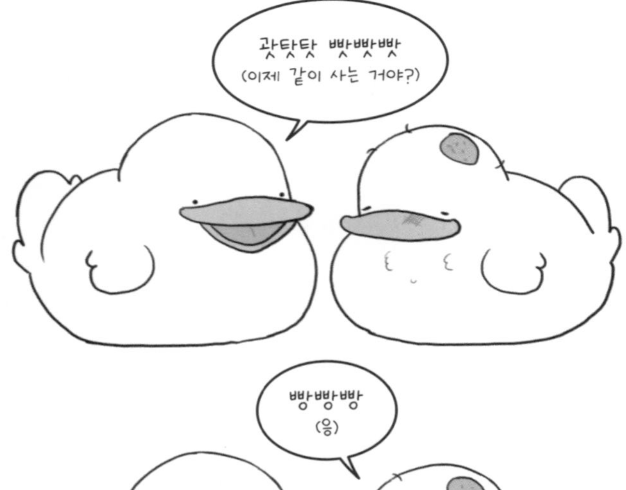
꽉탁탁 빡빡빡
(이제 같이 사는 거야?)

빵빵빵
(응)
괘에에에~

많으니까 밀지 말고
천천히 먹어.
그거 다 먹고
포도 보내주신 곳으로
절 한 번 하라고.
끈적
끈적
톡
와,
하얀 돌이네!
마치
알처럼 생겼는걸?
…….

그래서, 이걸
누가 낳았다고?
아마 100프로 확률로
막시무스….
이름: 막시무스(a.k.a. 오 선생님)
나이: 1.5살쯤(오린이랑 비슷함)
입양 시기: 2021년 6월
성별: ~~수컷~~ ? ?
이게 대체
어떻게 된 거냐?
기다려봐. 동물병원에
전화하고 있으니까….
둘 다
수컷 아니었어?
아, 선생님, 안녕하세요!
내원하는 오리들
보호자입니다.
네, 여쭤볼 게 있어서…
수컷인 줄 알았던 둘째가
갑자기 알을 낳았거든요.

둘째가 갑자기 알을요?
일단 오린이는 수컷이
확실하고
걔도 꽁지 끝
말려 올라간 게 수컷처럼
보였는데요….
꽤~
목소리도요.
보통 암컷은 맑은 소리로
꽥꽥 울거든요.
부억부억
빵빵
벅벅~
둘째는 뻑뻑 하고
탁하게 울어서 제가
헷갈렸나 봐요.
원래 암컷이
맞을 거예요.
처음 내원했을 때 몸집도
작고 이전 집에서 서열이
낮았다고 하셨잖아요.

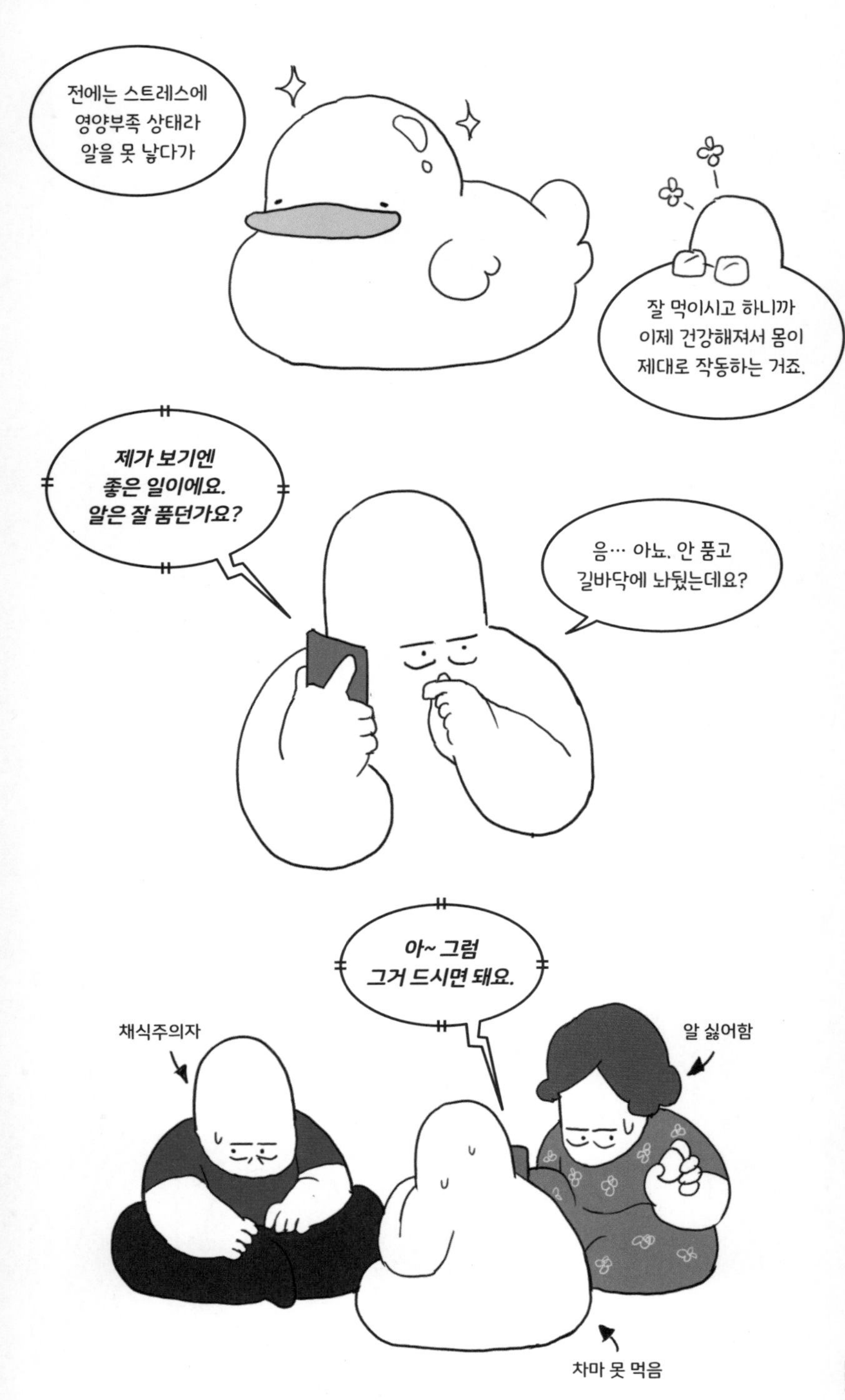
전에는 스트레스에
영양부족 상태라
알을 못 낳다가
잘 먹이시고 하니까
이제 건강해져서 몸이
제대로 작동하는 거죠.
제가 보기엔
좋은 일이에요.
알은 잘 품던가요?
음… 아뇨. 안 품고
길바닥에 놔뒀는데요?
아~ 그럼
그거 드시면 돼요.
채식주의자
알 싫어함
차마 못 먹음

이틀 뒤
막시무스가 알을 낳았다고 들었다.
아, 마침 어떻게 할지 고민 중이었어.
낳긴 매일 낳는데 전혀 안 품고 버려두는 데다 우리 집은 계란 안 먹거든.
아침 오리알 월정액 5만 원.
해당 금액은 알을 낳느라 축난 막시무스의 의료비나 영양식비 등으로만 사용한다.
알 방치했다가 족제비 같은 야생동물 꼬이면 큰일 나잖아.
딜?
딜.
끝

① 후기

모든 캐릭터를 다 반들반들하게
만들었습니다.

② 허락받기 & 디자인

책으로 나올 텐데 등장인물들에게 허락을 받아야 하지 않을까…?
아마 거절할 사람도 있을 텐데….
…하여 출연 협조를 구하고 싶다. 허가해주면 감사.
…….
그 뭐냐, 근육이랑 문신이 멋있는 예쁜 캐릭터로 그려주라.
아, 당연하지!

너도 등장인물로 나올 텐데
혹시 원하는 디자인 있어?
Croquis
나는 무조건
예쁘게 해줘.
예쁜 보라색
티셔츠랑
검은 바지를
입었으면 좋겠어.
왕리본 같은 조잡한
액세서리는 달지 말고!
알았지?
음…
노력해볼게.

내가 만화를 그리려는데
아빠도 등장하거든?
아빠 캐릭터를 그린다면
어떤 디자인이 좋아?
Croquis
음…
봉황.
무협지 마니아
안 돼.
칫, 내가 마교의
앞잡이를 키웠구나.

엄마, 엄마도 나오는데
원하는 캐릭터 있으신지요.
Croquis
머리 풍성하게
해줘….
알았어….
머리카락 한 아름
그려드릴게.
머리가 더 빠지니
염색도 못 하고….
이거 유전이라 너도
빠질 텐데 어째….
난 빠지면 삭발하고
패션인 척하려고.

③ 막시무스

오린이와 막시무스의
이름 온도차는 이 정도인데요.
오린이
막시무스!
…그러니까 막시무스도
애칭을 지어주는 건 어때?
뭘로?
맑스.

④ 아픈 티

본편 중에
그럼 아프다는 신호는 어떻게 보내?
그걸 모르겠어. 조류는 아프다는 티를 잘 안 낸대. 천적에게 들키면 잡힐까 봐.
이런 내용이 있었는데요.

삐딱~
하나 알았습니다.
과하도록 삐딱하게 앉으면 발이 아프다는 뜻이에요.
오린이도 오린이 나름대로
저한테 열심히 신호를 보내고 있었어요.

진짜 끝!

뿔뿔뿔

오리 집에 왜 왔니

초판 1쇄 발행 2021년 11월 24일 **초판 5쇄 발행** 2024년 9월 9일

지은이 오리 집사
펴낸이 최순영

출판2 본부장 박태근
스토리 독자 팀장 김소연
편집 김해지

펴낸곳 ㈜위즈덤하우스 **출판등록** 2000년 5월 23일 제13-1071호
주소 서울특별시 마포구 양화로 19 합정오피스빌딩 17층
전화 02) 2179-5600 **홈페이지** www.wisdomhouse.co.kr

ISBN 979-11-6812-072-3 03810